Es war ein merkwürdiges Jahr

John Fante

Es war ein merkwürdiges Jahr

ins Deutsche übertragen von Doris Engelke

Eichborn Verlag

John Fante, 1909 in Colorado geboren, veröffentlicht 1932 seine erste Erzählung in *The American Mercury* mit Erfolg, 1938 den ersten Roman *Wait until Spring, Bandini.* Literarisch nicht wahrgenommen, widmet er sich vor allem dem Schreiben von Drehbüchern (u. a. *Walk on the Wild Side*). In der Filmmetropole Hollywood verdient er damit gutes Geld. Seine 1939 bzw. 1940 erschienenen Bücher *Ask the Dust* und *Dago Red* bleiben Insider-Tips. (Was wohl darauf zurückzuführen ist, daß er keine Lobby in einem der großen Ostküsten-Verlage findet.)
Mit Hilfe von Charles Bukowski kommt es zur Wiederentdeckung John Fante's; er wird jetzt mit renommierten west-coast-Schriftstellern wie Mailer, Fitzgerald, Chandler, West etc. in einem Atemzug genannt.
Seit 1955 zuckerkrank, erblindet John Fante 1978, diktiert aber, berstend vor Lebensfreude, seiner Frau seine letzten Romane. Er stirbt im Mai 1983, ohne den Sprung seiner Bücher nach Europa miterlebt zu haben. Erst jetzt, Jahre nach seinem Tod, erscheinen gleich in mehreren kleineren Verlagen Werke John Fante's in deutscher Sprache.
(Wir wollen für Fante Freunde gewinnen. Drum unser Hinweis auf den engagierten *Pohl'n'Mayer-Verlag.* Dort sind *Warten auf Wunder* und *Unter Brüdern* erschienen. Und in Benno Käsmayrs MARO-Verlag liegt *Ich – Arturo Bandini* vor. Lesen Sie Gutes und reden Sie darüber.)

Titel der Originalausgabe:
1933 WAS A BAD YEAR
Black Sparrow Press, Santa Barbara 1985

Deutsche Erstausgabe
© Vito von Eichborn GmbH & Co. Verlag KG, Frankfurt am Main, September 1986. · Cover: Uwe Gruhle unter Verwendung eines Gemäldes von Henri Schmid. · Gesamtherstellung: Fuldaer Verlagsanstalt GmbH. · ISBN 3-8218-0166-2. · Verlagsverzeichnis schickt gern: Eichborn Verlag, D-6000 Frankfurt 70.

CIP-Kurztitelaufnahme der Deutschen Bibliothek
Fante John:
Es war ein merkwürdiges Jahr: Roman / John Fante.
Übers. von Doris Engelke. – Frankfurt am Main:
Eichborn, 1986.
Einheitssacht.: Nineteen hundred and
thirty-three was a bad year ‹dt.›
ISBN 3-8218-0166-2

Kapitel Eins

Er war hart, der Winter 33. An jenem Abend kämpfte ich mich vorwärts durch Berge von Schnee, mit brennenden Zehen und glühenden Ohren. Der Schnee wirbelte um mich herum wie ein Schwarm ärgerlicher Nonnen. Plötzlich blieb ich stehen. Die Zeit für eine Bestandsaufnahme war gekommen. Egal, ob das Wetter nun gut oder schlecht war, bestimmte Kräfte dieser Welt versuchten, mich zu vernichten.

Dominic Molise, sagte ich mir, Moment mal. Entwickelt sich alles nach Plan? Schau dir deine Lage genau an, verschaff dir einen unparteiischen Überblick über deine Situation. Was geschieht hier, Dom?

Da stand ich nun in Roper, Colorado, und wurde mit jeder Minute ein wenig älter. In sechs Monaten würde ich achtzehn werden und aus der Schule kommen. Ich war 163 Zentimeter groß und in den letzten drei Jahren keinen Zentimeter gewachsen. Ich hatte Säbelbeine, lief über den großen Onkel, und meine Ohren standen ab wie die von Pinocchio. Meine Zähne standen schief, und mein Gesicht war gesprenkelt wie ein Vogelei.

Ich war der Sohn eines Maurers, der seit fünf Monaten keine Arbeit mehr hatte. Ich besaß keinen Mantel und trug drei Pullover übereinander. Meine Mutter hatte schon angefangen, Novenen zu beten für den Anzug, den ich zur Abschlußprüfung im Juni haben mußte ...

Herr, sagte ich, denn in jenen Tagen war ich fromm und redete offen mit meinem Gott, Herr, was ist los? Willst du das? Hast du mich deshalb auf diese Erde gebracht? Ich habe nicht darum gebeten, geboren zu werden. Ich hatte absolut nichts damit zu tun, außer, daß ich jetzt hier bin, berechtigte Fragen stelle, die Gründe dafür, sag sie mir, gib mir ein Zeichen: ist das mein Lohn dafür, daß ich versuche, ein guter Christ zu sein, für zwölf Jahre katholischer Unterweisung und vier Jahre Latein? Habe ich je an der Transsubstantiation gezweifelt oder an der Heiligen Dreieinigkeit oder an der Auferstehung? Wie viele Messen habe ich an den Sonntagen und während der Fastenzeit ausgelassen, Herr? Du kannst sie an deinen Fingern abzählen.

Spielst du ein Spiel mit mir? Sind dir die Dinge aus der Hand geglitten? Hast du die Kontrolle verloren? Ist Luzifer wieder an der Macht? Sei ehrlich mit mir, weil ich mir ständig Sorgen mache. Gib mir einen Tip. Lohnt sich das Leben? Wird alles gut werden?

Wir wohnten in der Arapahoe Street, am

Fuß der Berge, die sich zum Osthang der Rocky Mountains erhoben. Sie schossen in die Höhe wie kantige Wolkenkratzer, die auf unsere Stadt herunterstarrten. Ein Dunst aus Blau und Grün im Sommer, puderzuckerweiß im Winter, die Bergspitzen in Wolken gehüllt. Jeden Winter verschwand jemand dort oben, gefangen in einer Schlucht oder begraben unter einer Lawine. Im Frühjahr verwandelte der schmelzende Schnee das Flüßchen Roper in einen wilden Strom, der Zäune und Brücken mit sich fortriß und die Straßen überschwemmte, die Pearl Street mit Schlamm bedeckte und das Erdgeschoß des Gerichtsgebäudes unter Wasser setzte. Ein kaltes Land, ein mürrisches Land. Die Erdkruste eine Eisschicht bis zum Aprilschnee am Ostermontag, manchmal gab es noch einen Schneesturm im Mai. Schlechte Gegend für einen Baseballspieler, besonders für einen *Pitcher,* der seit Oktober keinen Ball mehr geworfen hatte.

Aber der Arm hielt mich aufrecht. Dieser wunderbare linke Arm, meinem Herzen am nächsten. Der Schnee konnte ihn nicht verletzen und der Wind ihn nicht quälen, weil ich ihn mit Sloan's Liniment einrieb. Eine kleine Flasche davon hatte ich ständig in meiner Tasche. Ich stank danach, manchmal wurde ich aus dem Klassenzimmer geschickt, um den beißenden Geruch abzuwaschen, aber ich ging stolz und ohne Scham, schließlich wußte ich um meine Bestimmung, und das stählte mich gegen die Beleidigungen der Jungs und die gerümpften Nasen der Mädchen.

Ich hatte einen tollen Gang damals. Die Haltung eines Pistolenhelden, die Lockerheit eines klassischen Linkshänders, die linke Schulter hing ein wenig tiefer. Der Arm baumelte geschmeidig wie eine Schlange – mein Arm, mein gesegneter, geheiligter Arm, den Gott mir gegeben hatte, und wenn der Herr mich auch aus einem armen Maurer erschaffen hatte, so hatte er mich doch mit Juwelen überhäuft, als er mir dieses Geschoß an die Schulter heftete.

Soll es ruhig schneien! Die Winter mögen noch so lang sein und der Frühling wie ein Traum erscheinen, das alles ist nicht das Ende für Dominic Molise, es macht ihn stark, und die warme Sommersonne wird ihn und den Arm bei seinem gottgewollten Werk finden. Die schneeverwehte Arapahoe Street war ein bedeutender Ort, ein Denkmal; hier wanderte er nachts mutlos umher, sein Geburtsort wird in der Ruhmeshalle vermerkt werden. Eine Gedenktafel, wenn's recht ist, eine Bronzetafel, die an einem Monument an der Ecke Neunte und Arapahoe prangt: Hier verbrachte Dominic Molise seine Kindheit, der Welt größter Linkshänder des Baseball.

Gott hatte meine Fragen beantwortet, meine Zweifel beruhigt, meinen Glauben wiederhergestellt, und die Welt war wieder in Ordnung. Der Wind ließ nach, und der Schnee fiel raschelnd wie Konfetti. Oma Bettina sagte immer, Schneeflocken seien die Seelen aus dem Himmel, die zu einem kurzen Besuch auf die Erde kommen. Ich wußte, daß das nicht stimmte, aber es war möglich, und manchmal glaubte ich daran, weil mir die Geschichte gefiel.

Ich streckte die Hand aus, und viele Flocken landeten darauf, ein paar Sekunden lang lebendig und geformt wie Sterne, und wer weiß? Vielleicht waren das die Seelen von Opa Giovanni, der vor sieben Jahren gestorben war, und von Joe Hardt, unserm *Dritten Baseman,* der letzten Sommer mit seinem Motorrad verunglückt war, und von all den Verwandten meines Vaters in den weit entfernten Bergen der Abruzzen, lauter Großtanten und Onkel, die ich nie kennengelernt hatte und die seit langem vom Erdboden verschwunden waren. Und die anderen, die Milliarden, die entstanden und vergangen waren. Die armen Soldaten, die im Kampf getötet wurden, die Seeleute, die das Meer geholt hat, die Opfer von Pest und Erdbeben, die Reichen und die Armen, die Toten seit Anbeginn der Zeit, keiner ist entkommen außer Jesus Christus, der einzige in der Geschichte der Menschheit, der jemals zurückgekommen ist, aber sonst niemand, und glaubte ich das?

Mir blieb nichts anderes übrig, als es zu glauben. Woher kam mein Schleichball, mein kurzer, hakenschlagender Wurf, und wieso hatte ich alles so gut unter Kontrolle? Wenn ich aufhörte, zu glauben, würde ich vielleicht auseinanderfallen, meinen Rhythmus verlieren, schlecht werden.

Verdammt, ja, da gab es Zweifel, aber ich schob sie wieder weg. Das Leben eines *Pitchers* ist hart genug, selbst wenn er seinen Glauben an Gott noch hat. Ein aufflackernder Zweifel, und vielleicht will plötzlich der Arm nicht mehr, also warum das alles aufrühren? Laß es, wie es ist. Der Arm ist ein Geschenk des Himmels. Daran mußt du glauben. Vergiß die Vorherbestimmung, und wenn Gott so gut ist, woher kommt dann all das Böse, und wenn er alles weiß, warum schafft er dann Menschen und läßt sie zur Hölle gehen? Dafür ist später noch genug Zeit. Schaff' es erst mal bis zur Unterliga, steig' auf zu den Großen, spiel in der Weltmeisterschaft und sicher dir deinen Platz in der Ruhmeshalle. Dann kannst du dich zurücklehnen und Fragen stellen, fragen, wie sieht Gott aus und warum werden Kinder verkrüppelt geboren und wer hat Hunger und Tod gemacht.

Durch den raunenden Schnee hindurch konnte ich undeutlich die Häuser entlang der Arapahoe erkennen. Ich kannte jeden in jedem Haus, jeden Hund und jede Katze in der Nachbarschaft. Tatsächlich kannte ich fast jeden der zehntausend Einwohner von Roper, und eines Tages würden sie alle tot sein. Das war auch das Schicksal aller, die im Haus am Ende der Straße wohnten, dem Holzhaus mit der durchhängenden Veranda, von dem die Farbe abblätterte. Das Haus mit dem schiefen, spitzen Dach, Heim des Maurers Peter Molise. Die einzigen Backsteine waren im Schornstein eingebaut, und selbst der hatte Risse.

Aber wenn die Zeit zum Sterben gekommen ist, ist der Zustand des Hauses, in dem du gelebt hast, unwichtig geworden, und wir würden alle sterben müssen – Oma Bettina als nächste, dann Papa, dann Mama, danach ich, weil ich der Älteste war, mein Bruder August, der zwei Jahre jünger war, dann meine Schwester Clara und schließlich mein kleiner Bruder Frederick. Irgendwann während dieser Zeit würde unser Hund Rex sich verkriechen und auch sterben.

Warum dachte ich solche Sachen und verwandelte die Welt in einen Friedhof? Verlor ich gerade meinen Glauben? Lag es vielleicht daran, daß ich arm war? Auf keinen Fall. Alle großen Baseballspieler kamen aus armen Familien. Wer hatte je von einem reichen Anfänger gehört, der es zu einem Ty Cobb oder Babe Ruth gebracht hätte? Lag es an einem Mädchen? Es gab kein Mädchen in meinem Leben, außer Dorothy Parrish, der kaum aufgefallen war, daß ich existierte. In deren Leben war ich so eine Art Stechmücke.

Oh Gott, hilf mir! Und ich ging schneller, meine Gedanken verfolgten mich, ich fing an zu rennen, meine gefrorenen Schuhe quietschten wie Mäuse, aber rennen half nichts, die Gedanken waren rechts und links und hinter mir. Während ich noch rannte, wurde der Arm, der gute linke Arm, Herr der Lage und sprach beruhigend auf mich ein: Nimm's nicht so schwer, mein Freund. Das ist nur die Einsamkeit. Du bist ganz allein auf der Welt; dein Vater, deine Mutter, dein Glauben, das alles kann dir nicht helfen. Keiner hilft dem anderen. Du kannst dir nur selbst helfen, und deshalb bin ich da, wir beide sind unzertrennlich, und wir beide werden es schaffen.

Oh Arm! Du starker und treuer Arm, sprich weiter. Erzähl mir von meiner Zukunft, von der Menge, die mir zujubelt, von meinen Bällen, die keiner fängt, egal, wie sehr er sich abstrampelt, von Ruhm und Reichtum und Sieg, wir werden alles bekommen. Und eines Tages werden wir sterben und Seite an Seite im Grab liegen, Dominic Molise und sein schöner Arm. Die Sportwelt ist geschockt und trauert, der Präsident der Vereinigten Staaten schickt meiner Familie ein Beileidstelegramm, auf jedem Spielfeld der Nation hängen die Fahnen auf halbmast, und die Fans brechen ohne Scham in Tränen aus, wenn sie in der ›Saturday Evening Post‹ Damon Runyon's vierteilige Biographie lesen: »Der Triumph über alle Widerstände – Das Leben des Dominic Molise.«

Unter einer Ulme blieb ich stehen und weinte. Die Trauer über meinen bevorstehenden Tod war mehr, als ich ertragen konnte. Ein so junger, so begabter Mensch, niedergemäht in der Blüte seines Lebens. Oh Gott, sei gnädig: hol mich nicht zu schnell! Laß mir noch ein paar Jahre. Schau mit Gnade auf meine Jugend. Mit neunzehn bin ich bereit für den Erfolg. Schenk mir diese Jahre und noch zehn dazu, insgesamt zwölf, nicht mehr und nicht weniger. Es ist mir egal, ob ich bei den Phillies oder den Cubs spiele, schenk mir nur diese zwölf Jahre, und du kannst mich holen, wenn ich neunundzwanzig bin, das ist viel Zeit, mein lieber Gott, wenn ich jedes Jahr dreißig Spiele mache, sind das insgesamt dreihundertsechzig, viel Baseball, viele Spielfelder, die den Namen Dom Molise unsterblich machen.

Das Haus war dunkel, die Fenster starrten blind ins Leere. Der saubere, unberührte Schnee auf dem Weg bedeutete, Papa war noch im ›Onyx‹, der Billiardhalle.

Ich trampelte mir den Schnee von den Schuhen und betrat das vordere Zimmer, in dem Clara auf dem Sofa schlief und Frederick auf einem Armeefeldbett. Es war ein vollgestopftes Haus. Nur Oma Bettina hatte ihr eigenes Schlafzimmer, und selbst das verdiente kaum diesen Namen. Es war ein winziges Zimmerchen mit schrägem Dach direkt neben der Küche, das vom Bett völlig ausgefüllt war, nicht einmal ein Stuhl hatte daneben noch Platz.

Ich schaltete die Küchenlampe an, hielt ein Streichholz an den Ofen im Gasherd und holte meine Hausaufgaben raus – Geschichte, einen Absatz Vergil, übersetzen und ein kurzer Aufsatz über den mystischen Leib Christi. Es war einer der einfacheren Abende, Schwester Mary Delphine war der endlosen Traktate überdrüssig und gönnte uns eine Atempause.

Trotzdem dauerte es über eine Stunde, bis ich die sechs Zeilen Latein übersetzt hatte, und um Mitternacht fing ich meinen Aufsatz über den mystischen Leib Christi an.

»Was ist der mystische Leib Christi? Eine gute Frage. Eine wichtige Frage. So wichtig, daß die Antwort darauf uns, auch wenn wir sonst nichts wissen, bis an die Pforten des Himmels trägt. Und weil diese Frage so wichtig ist, müssen wir ihr die gebührende Aufmerksamkeit zukommen lassen. Alle wichtigen Dogmen verlangen unser tiefstes Interesse. Zu oft vergessen wir das, und viele Sünder stehen in ihrer letzten Stunde am Tage des Jüngsten Gerichts reuevoll vor Gott dem Allmächtigen, sie zittern vor Angst und Scham, weil sie den wahren Glauben vernachlässigt haben. Würden wir dem Dogma unserer gesegneten Kirche soviel Zeit schenken, wie wir für Schundbücher und schmutzige Filme vergeuden, würden wir dem mystischen Leib Christi soviel Gedanken widmen, der Weg des Heils läge offen vor uns. Die Zeit ist kurz, und die Stunde nahet. Unser Herr fordert so wenig von seinen Schäfchen. Er hat uns selbstlose Lehrer geschenkt, die Nonnen vom Orden St. Catherine, und nur zu oft nehmen wir die goldene Möglichkeit nicht genügend wahr, aus ihrem Rat und ihrer Weisheit Nutzen zu ziehen. Laßt uns dem geheiligten Beistand unserer geliebten Schwestern Beachtung schenken und gründlich nachdenken über die Bedeutung des mystischen Leibes Christi.

Die Welt ist voller Sünde, aber jener ist der größte Sünder, der das Studium unseres heiligen Glaubens vernachlässigt. Wenn wir eines Tages Rechenschaft ablegen müssen über die Missetaten unseres Lebens, so haben wir uns hoffentlich nicht auch jener Sünde schuldig gemacht – wir haben hoffentlich unsere Augen nicht von den gesegneten Wahrheiten der heiligen Kirche Gottes abgewandt.«

Volltreffer.

Der Aufsatz war prima. Völlig egal, daß er den mystischen Leib Christi nicht erklärte; unwichtig, daß er mit soviel Schwachsinn geschmückt war, alle betörenden Phrasen waren drin, denen Schwester Mary Delphine nicht widerstehen konnte: »reuig vor Gott dem Allmächtigen – zitternd vor Angst – Schundbücher – schmutzige Filme – die gesegneten Nonnen des Ordens St. Catherine – die gesegneten Wahrheiten der heiligen Kirche Gottes.«

Delphine würde feuchte Höschen kriegen.

Ich war gerade bei Geschichte, als der Stahlrahmen in Bettinas Bett quietschte. Oma Bettina, Todfeindin der Elektrizitätswerke, kam in ihrem Flanellnachthemd an die Küchentür. Sie war eine kleine, bissige, alte Frau mit mageren Händen, die wie Krallen auf dem kleinen Hügel ihres Bauches lagen. Ihr Haar war weiß wie

Schnee und die Haut auf ihren Schläfen so fahl und durchscheinend, daß man fast in ihren Kopf hineinschauen konnte. Sie sprach nur italienisch, und immer, wenn ihr ein Thema nicht behagte, tat sie so, als verstünde sie kein Wort Englisch.

Zehn Sekunden lang stand sie einfach nur da und nickte mit bitterem Lächeln. »Da sitzt er nun«, sie nickte immer noch, »der brillante, junge Amerikaner. Frucht eines amerikanischen Bauches, Stolz seiner schwachsinnigen Mutter, die Hoffnung kommender Generationen, und verschwendet Strom.«

»Oma, ich versuche zu lernen.«

»Und was lernst du, du weiser und kluger Enkelsohn? Ist das ein Buch über Hunger und Männer, die Arbeit suchen? Steht in deinem Buch was über deinen Vater, der seit sieben Monaten keine Arbeit mehr hat? Oder steht darin die große Verheißung vom goldenen Amerika, dem Land der Gleichheit und Brüderlichkeit, vom schönen Amerika, stinkend wie die Pest?«

»Wir haben eine Wirtschaftskrise. Außerdem ist Winter. Papa kann bei dem Wetter nicht mauern.«

»Wie schlau die jungen Amerikaner doch sind.« Sie rang die Hände. »Die Generation, die auf alles eine Antwort hat.«

Ich stöhnte.

Sie steckte die Nase in die Luft und roch das Sloan's Liniment. »Wie immer, du stinkst wie die Pest.«

»Das ist ein sauberer Geruch.«

»Der Geruch eines kranken Landes. Merk dir, was ich sage: eines Tages wird dieser Gestank das ganze Land bedecken.«

Sie war nicht mehr zu bremsen.

»Wen täuschst du mit diesen dummen Büchern?« Sie redete wie ein Anwalt bei seinem großen Plädoyer vor Gericht.

»Du solltest lieber auf die Knie fallen und um Gnade flehen!«

Ihr Mund war an meinem Ohr, ihre Nase in meinem Haar und sie flüsterte eine lauernde Frage: »Bist du zur Beichte gegangen? Jeder Junge von siebzehn sollte mindestens zweimal am Tag beichten!«

Damit hatte sie mich.

»Alte Hexe, verpiß dich!«

»Ha«, bellte sie, »das junge Amerika spricht, zeigt seinen Respekt vor dem Alter! Endlich bekomme ich meinen Lohn dafür, daß ich deinen Vater zur Welt gebracht habe. Dafür bin ich fünftausend Meilen im Zwischendeck in dieses barbarische Land gefahren!« Ihre Vorwürfe kamen wie Schrotschüsse: ich war ein Schakal, eine Ratte, eine Schlange, ein Ungeheuer aus dem Bauch meiner Mutter. Ich war eine Mißgeburt, mir wuchs ein Ellbogen am Hinterkopf, meine Nase saß am Bauchnabel, meine Augen waren in meinem Arsch. Meine Mutter war ein Esel, eine Kuh, ein Schwein, ein Huhn, ein Schaf. Ihre Verwandten Dummköpfe, Diebe, Nutten, Verrückte, die ihr Leben im Irrenhaus beenden würden. Und was mich anging, ich würde am Ende mit einem Strick um den Hals öffentlich gehängt werden, Seite an Seite mit meinen beiden Brüdern. Amerika würde, in Brand gesteckt von explodierenden Stromwerken, in einem Flammenmeer untergehen.

Schnell wie eine alte Katze griff sie nach der nackten Glühbirne über dem Tisch und schaltete sie aus, dann rauschte sie in ihr Schlafzimmer und knallte die Tür zu. Ich schaltete das Licht wieder an und hörte, wie sie drin Gott ihr Leid klagte.

»Befrei mich aus dieser Sklaverei. Leg mich in einen Sarg und schick mich zurück nach Torricella Peligna!«

Ich kannte den Kummer ihrer Seele, und sie tat mir leid. Sie war einsam, entwurzelt, fremd in einem fremden Land. Sie hatte nicht nach Amerika gewollt, aber mein Opa hatte ihr keine Wahl gelassen. Auch in den Abruzzen gab es Armut, aber es war eine süßere Armut, die alle miteinander teilten wie das Brot. Der Tod wurde geteilt und der Kummer und die guten Zeiten. Das ganze Dorf Torricella Peligna war wie ein einziges menschliches Wesen. Meine Großmutter war ein Finger, der vom Rest des Körpers abgerissen worden war, und nichts in dem neuen Leben konnte ihren Kummer besänftigen. Sie war wie alle, die aus ihrem Teil Italiens gekommen waren. Manchen ging es besser und manche waren wohlhabend, aber aus ihrem Leben war die Freude verschwunden und das neue Land ein einsamer Ort, an dem »O Sole Mio« und »Ritorno A Sorrento« herzzerreißende Lieder waren.

Bettinas Schluchzen holte meine Mutter aus dem Schlafzimmer. Ihr dickes, braunes Haar hing ihr bis zur Taille, und ihre Hände krampften sich in ihr Nachthemd. Ihre Augen waren riesig und grün und immer erstaunt. Sie war in Chicago geboren, kam aber aus einer italienischen Familie und war eigentlich eine Bauersfrau wie Oma. Auch sie trug das Mal der Einsamkeit, unsagbar fremd, nicht italienisch und noch viel weniger amerikanisch war sie, zerbrechlich und fehl am Platz. Ihre Verwandten kamen aus Potenza, einer Stadt oberhalb von Neapel, die angeblich voll von jähzornigen Hitzköpfen war.

Für Oma Bettina waren die Leute aus Potenza, gleich nach den Amerikanern, die lächerlichsten Figuren der Welt. Nicht, daß Großmutter jemals in Potenza gewesen wäre und es mit eigenen Augen gesehen hätte, aber ihr ganzes Leben lang hatte sie wilde Geschichten über Leute von dort gehört.

Weil man in den Abruzzen jemand brauchte, auf den man herabschauen konnte, hatte man sich dort auf Potenza geeinigt; genauso wie die Leute aus Kalabrien die Sizilianer verachten und die Neapolitaner alles, was südlich von Neapel liegt, nur über die Schuler anschauen und die Römer über die Neapolitaner die Nase rümpfen und die Florentiner den Römern die kalte Schulter zeigen. Für jemand aus den Abruzzen war jeder aus Potenza eine Art nationaler Witz, als lebten dort alle in schiefen Häusern und wären Zwerge. Die bloße Erwähnung von Potenza zauberte immer ein verächtliches Lächeln auf das Gesicht meines Vaters. Er hatte die Tochter eines Mannes aus Potenza geheiratet. Gott helfe ihm, aber er war immer willig, geduldig zu lächeln über diesen absurden Gang der Dinge und nur zu gern bereit, seiner Frau ihre Eltern zu verzeihen.

Geduldig mit der Zunge schnalzend, lauschte Mama an Bettinas Tür den letzten Klagen der alten Frau – die Leute aus Potenza verachteten die aus den Abruzzen ebenso.

»Sie meint es gut, die arme, alte Frau. Sie hat so ein schweres Leben gehabt . . . all diese armen Menschen.«

»Welche Menschen?«

»Die aus den Abruzzen. Kein Wunder, daß sie grob und schlecht gelaunt sind. Da gibt es nichts als Fels und ein paar Ziegen und kein elektrisches Licht. Wie in Kalabrien und Sizilien und all den armen Gegenden.«

Sie war nie dort gewesen, sie kannte nichts anderes als ein Mietshaus in Chicago.

»Woher weißt du das?«

»Jeder weiß das. Man kann es daran sehen, wie sie sich benehmen; sie schreien, fluchen und prügeln sich. Schau dir nur deinen Vater an.«

Sie kam näher und roch nach Schlaf, einer angenehm abgestandenen Mischung aus Talkumpuder und Seife und der obersten Schublade ihrer Kommode mit den Duftkissen darin. Manchmal, wenn ich nicht schlafen konnte, ging ich in ihr Schlafzimmer und tauschte das Kopfkissen mit ihr, und der Geruch wirkte wie eine Droge. Sie war so viel älter als ihre vierzig Jahre. Ich konnte mir kaum vorstellen, daß sie jemals jung gewesen sein sollte. Es gab ein Foto von ihr, auf dem sie, zehn Jahre alt, auf einer Schaukel auf einem Spielplatz in Chicago saß, und auch da sah sie wie vierzig aus. Ein kleines Mädchen von vierzig mit Zöpfen und weißen Schuhen.

Sie ging zum Spülbecken, goß Wasser in eine Tasse und trank sie langsam leer. Das Wasser war eisig, und ich konnte es in ihr glucksen hören.

»Warst du in der Stadt heute abend?«

»Ich war im Kino. Ich habe ihn nicht gesehen.«

»Wen?« fragte sie unschuldig.

»Papa«.

»Er hat letzte Nacht zehn Dollar verloren.«

Wenn mein Vater zehn zugab, hatte er wahrscheinlich fünfzig verloren. Im Winter lebten wir von seinem Billardspiel. Er war der beste Billardspieler in Roper, aber sein Können arbeitete gegen ihn, weil es schwierig war, Mitspieler zu einer Partie zu überreden und er zu viele Punkte verschenken mußte. So gut er auch fremde Spieler einschätzen konnte, manchmal geriet er an einen Könner aus Denver oder Cheyenne und wurde vollständig ausgenommen. Dann mußte er wieder ganz von vorn anfangen und um Kleingeld spielen. Manchmal mußte er sich sogar Geld für den neuen Einsatz leihen.

»Gehen Frauen dahin?« fragte Mama.

Sie fragte immer wieder danach, und ich sagte immer wieder nein, aber sie wußte es besser. Das ›Onyx‹ war eine für alle offene Kneipe, in der vorn eine Bar stand und hinter einer Trennwand Billard- und Pokertische. Frauen durften den hinteren Teil nicht betreten, aber an der Bar gab es genauso viel Frauen wie Männer.

»Es ist ein schlechtes Viertel. Ich hätte Angst, dahin zu gehen.«

»Was ist daran schlecht? Das Polizeirevier ist direkt gegenüber.«

»Das stimmt«, sagte sie und starrte vor sich hin. Etwas anderes nagte an ihr.

Ich wußte es.

Sie konnte sich nicht überwinden, es auszusprechen: sie hatte den Verdacht, mein Vater ginge fremd. Das war eine verrückte Vorstellung – der alte Papa, ein arbeitsloser Maurer und Vater von vier Kindern, der versucht, mit seinem Billardstock ein bißchen Geld ranzuschaffen – und der sollte sich den zusätzlichen Ärger einer zweiten Frau zulegen. Die blanke Wahrheit war, mein Vater mochte Frauen nicht besonders. Noch nicht mal seine eigene Mutter und ganz bestimmt nicht seine Frau.

»Was fehlt ihm?« redete sie weiter. »Ich werde es nie begreifen. Er hat ein schönes Zuhause, vier wunderbare Kinder, Spaghetti auf dem Tisch, Wein im Keller, und er ist jeden Abend unterwegs. Selbst wenn ich ihm egal bin, warum kümmert er sich nicht mehr um seine Kinder? Warum tut ein Mann sowas?«

»Das ist ganz einfach. Er haßt Frauen und Kinder. Außerdem, wo wären wir, wenn er nicht mit Billardspielen ein paar Dollar zusammenkratzen würde?«

»Aber jeden Tag? Tag und Nacht und auch sonntags? Noch nicht mal ab und an eine Messe? Keiner spielt soviel Billard.«

»So ist er, und du wirst ihn nicht ändern können.«

»Er wird sich ändern. Warte nur ab, Gott wird ihn eines Tages ändern. Du wirst schon sehen.«

Sie dachte an ihre Gebete, an die Tausende von Rosenkränzen, die sie an Tausenden von Tagen hinter der verschlossenen Schlafzimmertür kniend gebetet hatte. Die Druckstellen auf ihren Knien zeugten davon.

Leise trat sie hinter mich, und ich fühlte ihre kalten Finger durch mein Haar streichen und dann ihre Hände auf meinen Blumenkohlohren.

»Nicht«, sagte ich und wand mich unter ihren Händen.

»Du mußt den Strumpf tragen. Und hör nicht auf zu beten.«

Das Heilmittel gegen abstehende Ohren war nach Meinung der Leute aus Potenza ein Frauenstrumpf, den man sich nachts um den Kopf wickelt. Das half sehr gut – bis man den Strumpf abmachte. Dann standen die Ohren wieder ab.

»Ich hab mich inzwischen an meine Ohren gewöhnt, Mama, warum tust du das nicht auch?«

»Aber hast du es wirklich VERSUCHT mit der Jungfrau Maria? Probier's doch mal, nur einen Monat! Wenn sie machen kann, daß Lahme gehen, dann ist es doch kein Problem für sie, deine Ohren ...«

»Sei still«, brüllte ich, »laß mich in Ruhe, laß meine Ohren in Ruhe!«

Verletzt und rehäugig starrte sie mich an, drehte sich wortlos um und ging leise zurück ins Schlafzimmer, ihre verstörte Seele wie einen zerrissenen Hochzeitsschleier hinter sich herziehend. Es tat mir leid, daß ich sie angebrüllt hatte, ich haßte mich selbst dafür. Aber der Gedanke, die Muttergottes um flach anliegende Ohren anzuflehen, nachdem ihr Sohn sie hatte abstehen lassen, kam mir völlig idiotisch vor. Gebete! Wofür sollen die gut sein? Was hatten sie ihr genützt? Jede Nacht lag mein Vater neben ihr im Bett, hörte dem Klackern des Rosenkranzes zu, sie kniete auf dem Boden und zitterte vor Kälte, was machst du da unten, komm ins Bett, um Himmelswillen, bevor du dich zu Tode frierst. Ihre Gebete waren die Peitschenschläge auf seinem Arsch, erinnerten ihn an seine Wertlosigkeit, seine Frau schrieb wie ein kleines Kind Briefe an den Weihnachtsmann, brach unter dem Leben zusammen und flüchtete sich in die Arme von Gott, der heiligen Theresa und der Jungfrau Maria. Oh, meine Mutter war eine gute Frau, eine edle Frau. Sie hatte noch nie jemand hintergangen oder belogen oder getäuscht, noch nicht mal ein unfreundliches Wort kam ihr je über die Lippen. Sie schrubbte die Böden und hing Berge von Wäsche auf und bügelte stundenlang, sie kochte und nähte und wischte und lächelte tapfer in diesen schweren Zeiten. Sie wanderte umher mit den Wundmalen Christi an Händen und Füßen und einer Dornenkrone auf dem Kopf, ein Opfer Gottes, ihres Mannes und ihrer Kinder. Ihr Leiden war so unerträglich, daß man nicht hinschauen konnte, daß ich mir wünschte, sie würde mal sagen Oh Scheiße oder leck mich am Arsch oder hau ab. Ich sehnte den Tag herbei, an dem sie aufmucken würde, meinem Vater einen Weinkrug auf dem Kopf zertrümmern, Bettina aufs Maul hauen und uns Kinder mit dem Stock verprügeln würde. Statt dessen bestrafte sie uns mit Vaterunser und Gegrüßet seist du Maria, sie erwürgte uns mit einer Kette aus Rosenkranzperlen.

Gebete, Gebete! Das Nichts anflehen um kleine Gefallen wie ein Paar Schuhe oder Wunder wie zehn Zentimeter Größe zusätzlich für mich, damit ich ein wirklich guter Baseballspieler werden könnte. Seit Jahren Gebete – und was war das Ergebnis? Ich hatte sogar aufgehört, mich an der Schlafzimmerwand zu messen. Es war so unnütz! Wenn sogar der heilige Franz von Assisi nur 1,50 Meter groß war, welche Aussichten hatte ich dann, 1,80 zu werden? Verdammt, es war absolute Zeitverschwendung, wie ein Zähneknirschen in der Wildnis.

Die alte Uhr über dem Herd tickte vor sich hin, und es war nach eins, als ich mit den Schularbeiten fertig war. Das Haus war inzwischen kalt, der Frost kroch von unten durch den Küchenboden. Ich hörte etwas, einen Schritt oder einen Seufzer und schaute hinaus in den Hof. Die Erde war so weiß und still wie der Mond. Schneeberge lagen auf den unter Stroh begrabenen Kohlköpfen im Garten. Langsam spürte ich es, etwas war da draußen und um das ganze Haus herum, eine lebendige, unsichtbare Kraft, unheimlich wie ein Einbrecher, und wollte hereinkommen, schaute in jedes Fenster und drückte gegen Türen und Wände. Ich wußte, was es war, und ich fürchtete mich, daran zu denken.

Ich ging vom Fenster weg und holte mir die große Flasche Sloan's Liniment aus dem Küchenschrank. Ich nahm eine großzügige Handvoll und massierte den herben Fichtennadelgeruch in den Arm hinein, rieb und preßte und knetete ihn ins Fleisch.

Ich schmierte mir das Zeug auf die Brust und auf den Nacken und unter die Nase, bis die Angst vergangen war und der Schmerz die Furcht weggebrannt hatte.

Was für ein Problem! Würde es immer so sein? Alle Menschen dachten an den Tod, und jeder schob diese Gedanken auf seine eigene Art von sich weg. Ich konnte nicht ewig auf den Arm vertrauen und ihn mit Liniment betäuben. Auch so lag eine zweifelhafte Zukunft vor mir. Was wäre, wenn ich mich in den Bergen verirrte, eine ganze Woche lang, einsam und ohne Sloan's? Ich sah mich selbst, wie ich schreiend Amok lief durch die Wälder.

Aus der Ferne näherten sich Schritte, die schnell und fest durch den Schnee knirschten, ein Geräusch, das in der gefrorenen Stille viel lauter klang. Das konnte nur mein Vater sein. Er ging immer entschlossen und zielbewußt ins Ungewisse. Die Veranda bebte, als er sich den Schnee von den Füßen stampfte.

»Dieses verdammte Zeug«, hörte ich ihn schimpfen, als er ins Vorderzimmer trat und schnüffelte. Er stapfte durchs Haus – seine Art, jedem mitzuteilen, daß er da war – und fand mich mit der Flasche Liniment in der Hand am Spülbecken.

»Wann wirst du endlich erwachsen?« Seine Nasenflügel zuckten. Seine Backen leuchteten wie Äpfel. Er hängte seinen Hut und seine Jacke an einen Haken hinter der Küchentür. Er war fünfundvierzig Jahre alt, hatte schwere Hände und kurze, dicke Finger. Er war ein gepflegter Mann, sorgfältig gekleidet und sogar in seinen Arbeitsklamotten immer wie aus dem Ei gepellt mit den blütenweißen Halstüchern, die er so liebte, und seinem perfekt geschnittenen kleinen Schnurrbart. Am Zeigefinger der linken Hand trug er einen dicken Silberring, von dem er behauptete, der sei das Geheimnis seiner Billardkunst. Obwohl er selten zu Hause war, außer zum Essen und zum Schlafen, sprang das Haus jedesmal an wie ein Motor, wenn er zur Tür hereinkam.

Ich schaute ihm zu, wie er aus seiner Hemdentasche einen Zigarrenstummel hervorkramte und seine Zähne hineingrub, während er Wein aus einem Krug in einen Topf goß. Er rauchte seine Zigarren nicht nur, er aß sie auch Stückchen für Stückchen auf. Er hielt ein Streichholz an den Gasring und stellte den Topf auf die blaue Flamme. Danach warf er ein paar Lorbeerblätter in den Wein. Er starrte stumm in den Topf und wartete darauf, daß der Wein heiß wurde.

»Papa«, sagte ich, »denkst du manchmal ans Sterben?«

Er schaute mich verblüfft an.

»Was ist'n das für 'ne Frage?«

»Egal, machst du's?«

»Warum?«

»Einfach so. Aber geht dir der Gedanke nicht manchmal durch den Kopf?«

»Nie.«

»Niemals?«

»Niemals. Denk nicht drüber nach. Denk ans Leben. Denk an die Schule. Wie stehst du in der Schule?«

»Kein Problem. Ich schaff' den Abschluß.«

»Und was dann?«

»Ich weiß nicht. Ich denke darüber nach.«

»Worüber?«

»Über meine Karriere.«

»Was für eine Karriere?«

»Meine Zukunft.«

»Was für eine Zukunft?«

»Viele Möglichkeiten.«

»Baseball«, sagte er. »Pah!«

»Hab' ich was von Baseball gesagt?«

»Du kennst Johnny Di Massio?«

Ich kannte ihn; er war ein Maurer, Kumpel meines Vaters und ebenso ein Hai am Billardtisch.

»Schnellster, sauberster Maurer im Land. Und Linkshänder, wie du.«

»Die Ähnlichkeit überwältigt mich nicht gerade.« Ich sagte das herablassend, denn sein Englisch war einfach und unsicher.

»Eines Tages biste schneller als Johnny.«

Das war ein Schock. Ich hob meine linke Hand ins Lampenlicht.

»Du willst, daß ich mit DIESER Hand Backsteine anfasse? Das können Sie nicht ernst meinen, mein Herr.«

»'türlich meine ich das ernst. Ich bring's dir

bei. Drei, vier Jahre Mörtel mischen und schleppen, und dann stehst du mit mir auf dem Gerüst. Wir werden Partner – Vater und Sohn, Vertragspartner, arbeiten zusammen. Verdienen Geld.«

Seit Jahren hatte er versucht, mich für das Handwerk zu begeistern. Von Generation zu Generation hatte sich in seiner Familie der Maurer und Steinmetz weitervererbt, und er war überzeugt, uns läge das Handwerk im Blut und würde auch in seinen Söhnen neu erblühen.

Als ich sieben Jahre alt war, nahm er mich zum erstenmal mit auf eine Baustelle, und ich bekam einen Nickel pro Tag, weil ich seinen Kollegen Trinkwasser anschleppte. Die letzten beiden Sommer hatte ich als Hilfsarbeiter für ihn gearbeitet, am Zementmischer gestanden und die Tragmulde beladen. Es war eine Schinderei, und der Arm nahm sie mir übel und tat ständig weh.

Er selbst war ein sehr guter Maurer. Er setzte seine Backsteine so perfekt, wie er Billard spielte, schnell und präzise und im Rhythmus. Aber trotzdem blieb er arm, wie hart er auch schuftete. Schließlich wurde es klar, daß seine Armut nicht an ihm, sondern an seinem Handwerk lag.

Ich versuchte, ruhig und vernünftig mit ihm zu reden, ich hatte großen Respekt vor seinem Temperament. Er konnte explodieren wie ein Pulverfaß.

»Papa, es tut mir leid, das zu sagen, aber ich glaube, ich habe nicht das richtige Temperament zum Maurer.«

»Temperament – was hat'n Temperament damit zu tun? Du legst einfach einen Stein auf den anderen und paßt auf, daß die Wand gerade bleibt. Jeder Esel kann das.«

»Mein Talent liegt auf anderen Gebieten.«

»Was für ein Talent?«

»Ein besonderes Talent. Man könnte sagen, es ist mir angeboren.«

Er warf mir einen angeekelten Blick zu, griff sich ein Glas aus dem Schrank und knallte es auf den Tisch. Dann goß er den heißen Wein hinein, pustete, um ihn abzukühlen, und starrte mich an.

»Was für'n Talent«, wiederholte er.

Ich wollte die Wahrheit sagen, aber ich brachte es nicht über mich, Baseball auszusprechen. Ab und an langte er mir immer noch eine, verfehlte mich zwar absichtlich, aber man konnte nie wissen.

»Medizin. Kranke Leute heilen. Verkrüppelte Kinder, Menschen mit Herzleiden und Wassersucht gesund machen.«

Der Zorn verschwand aus seinem Gesicht, und er war nachdenklich, als er seinen dampfenden Wein schlürfte. »Dazu braucht man Geld.«

»Und Zeit.«

»Wieviel?«

»Acht Jahre College.«

»Denk dir lieber was anderes aus. Das kann ich mir nicht leisten. Meine Güte, Junge, du bist fast achtzehn! Als ich so alt war wie du, habe ich Steine geklopft.«

»Ich werd' kein Maurer.«

Er seufzte und setzte sich.

»Hör mal, Junge, ich weiß, was an dir nagt, aber du mußt doch nicht aufhören, Baseball zu spielen. Du kannst in der Mannschaft von der Verputzergewerkschaft spielen. Die haben ein gutes Team. Sonntags spielen langt.«

»Na toll, die ganze Woche Backsteine in den Händen, die Finger gehen kaputt, und sonntags spielen. Das ist das beste Angebot seit Jahren.«

Er schüttelte geduldig den Kopf, umschloß das Glas mit beiden Händen, pustete hinein und schaute nicht auf.

»Wir haben Probleme«, sagte er leise. »Wir haben überall Schulden – Miete, Strom, Gas, beim Metzger, Doktor, bei der Bank, beim Sägewerk.« Seine braunen Augen schauten wie aus einem tiefen See zu mir hoch und baten mich um Verständnis.

Es fiel ihm nicht leicht, die Krise zuzugeben. Er war ein stolzer Mann mit dem Glauben an sich selbst und an bessere Zeiten, und er verschwieg seine Probleme so gut, wie ein armer Mann das kann. Nie zuvor hatte er mich um Hilfe gebeten. Ich schaute ihn an und sah einen einsamen Mann vor mir mit einem Haus voller Kinder und ohne Ausweg. Er würde nie mehr besitzen als die Kleider, die er trug, seinen Sack voller Steinmetzwerkzeuge, seinen Zementmischer und sein geliebtes Billardqueue. Er würde weiterarbeiten Jahr für Jahr, bis seine Kräfte nachließen, bis er sich nicht über eine Mauer bücken konnte und ihm die Kelle aus den Händen fiel. Warum hat er den weiten Weg von den Abruzzen bis hierher gemacht? Wirklich nur dafür? Oma Bettina hatte recht, er hätte in der alten Welt bleiben sollen. Hätte er das gemacht, es hätte auch mein Leben geändert. Was spielte man in Torricella Peligna – Fußball, Boccia?

»Ich helf' dir, Papa.«

»Guter Junge«, er nahm einen tiefen Schluck Glühwein. »Im Juni machst du deinen Abschluß. Dann fangen wir an zu arbeiten. Wir zeigen es allen! Der ganzen Welt! Vater und Sohn. Wir bezahlen unsere Schulden, sparen unser Geld, und eines Tages steigen wir in's Holzgeschäft ein.«

»Holzgeschäft?« Ich starrte ihn an.

»Da ist Geld zu machen.«

»Nee, Papa, ich lerne mauern, aber mit dem Holzgeschäft will ich nichts zu tun haben.«

»Noch nicht jetzt. Später mal. Erst vier, fünf Jahre als Maurer, dann kommt das Holzgeschäft.

»Aber warum Holz? Ist Maurer nicht schon schlimm genug?«

»Das sage ich doch. Ein Mann arbeitet hart, um davon wegzukommen. Aber es ist ein Beruf, ein Anfang.«

Das war es also. Das ganze Buch. Das tragische Leben des Dominic Molise, verfaßt von seinem Vater. Teil Eins: Der Nervenkitzel des Maurerhandwerks. Teil Zwei: Spaß im Sägewerk. Teil Drei: Laß dir von deinem Vater dein Leben ruinieren. (Eine Anleitung) Teil Vier: Hier ruht Dominic Molise, der folgsame Sohn.

Ich dachte drüber nach und beschloß, keinen Streit anzufangen, nicht um diese Uhrzeit. Ich saß da und liebkoste beruhigend den Arm, der wie ein Kind jammerte.

Papa leerte sein Glas, strich sich mit dem Fingerknöchel über den Bart und schaute dabei zum erstenmal ins Licht. Da fiel er mir auf, der leuchtendrote Fleck auf seiner Oberlippe unter seinem Schnurrbart. Ich konnte nichts anderes tun als auf diesen Fleck starren, und er spürte meine Überraschung und Fassungslosigkeit. Das Blut schoß ihm ins Gesicht, und er ging schnell zum Spiegel über dem Abwaschbecken.

Sein Gesicht dicht vor dem Spiegel sagte er: »Diese verdammte Rasierklinge.«

Er wollte sehen, ob ich ihm das abkaufte. Aber jetzt entdeckte ich noch mehr Flecke.

»Du hast dich auch auf der Backe und im Nacken geschnitten.«

»Da ist nichts.«

Nichts außer Lippenstift. Ich schämte mich und konnte ihn nicht ansehen.

Das Holzgeschäft. Partner. Vater und Sohn. Ich hätte ihn anspucken können, diesen hinterhältigen, billigen Hund, diesen Versager, und in ihm den Tod, und mich selbst, meine Schwester Clara und meine Brüder, all unsere Tage und Nächte, unser ganzes Leben kotzte mich an.

Wir redeten beide kein Wort, während ich meine Bücher und Hefte einsammelte. Als ich gehen wollte, berührte er meine Schulter, aber ich zuckte zurück und ging durch das Nebenzimmer in mein Schlafzimmer. Im Widerschein des Schnees, der durch das Fenster hereinfiel, zog ich mich aus und schlüpfte unter die Decke neben meinen Bruder August. Der zuckte zusammen und murmelte Oh Gott, als das Liniment seine Nase traf.

Der leuchtende Schnee tauchte den Raum in phosphoreszierendes Licht. Am Dachvorsprung vor dem Fenster hingen Eiszapfen, die wirkten wie die klebrigen, selbstgemachten Süßigkeiten meiner Mutter. Wenn die abkühlten, sahen sie auch aus wie Zacken aus Glas.

Aus der Küche hörte ich das von meinem Vater aufgewühlte Meer des Schweigens. Nicht, daß es mir was ausgemacht hätte, es war mir einfach scheißegal. Aber es war mir natürlich nicht scheißegal. Warum hatte er das Zeug nicht abgewischt? Warum war er so gedankenlos und zwang mich, das zu sehen, Kußspuren von einer Frau, die nicht meine Mutter war?

Diese häßlichen Dämchen im ›Onyx‹! Wo sonst in der Stadt konnte mein Vater eine andere Frau treffen, die ihn küßte? Ich sah sie vor mir, breitärschige, saufende Weiber aus der Keramikfabrik, geschiedene Frauen, verheiratete Frauen, die morgens um zehn in den Saloon kamen und nicht gingen, bevor er um zwei wieder zumachte. Es war eine Art exklusiver Club, der Orden der saufenden Frauen.

Ich konnte ihn in der Küche hören, wie er sich einseifte und sein Gesicht unter Wasser setzte, er schnappte nach Luft und platschte mit dem Wasser wie ein Mann, der um sein Leben schwimmt. Ich hörte seine Schritte, und er stand in der Schlafzimmertür.

»Komm her«, flüsterte er.

»Warum?«

»Ich muß mit dir reden.«

Ich stand auf und folgte ihm in Unterhosen in die Küche. Auf seinem Gesicht stand Kummer, seine Stirn war gerunzelt, und seine Augen bettelten mich an.

Ich blieb in der Tür stehen.

»Versteh das nicht falsch. Es hat nichts zu sagen. Nur eine verrückte Frau, die sich einen Spaß erlaubt hat. Ich weiß noch nicht mal ihren Namen.«

»In Ordnung.«

»Natürlich ist das in Ordnung. Einfach nur so'ne verrückte Frau.«

Ich drehte mich um und wollte zurück ins Schlafzimmer gehen.

»Wart' mal einen Moment.«

Ich schaute ihn wieder an.

»Du weißt, wie deine Mutter ist.«

»Ich sage nichts.«

»Ich habe genug Sorgen. Verstehst du?«

»Sicher, Papa.«

»Es ist mir egal, was du von mir denkst, aber tu deiner Mutter nicht weh.«

»Ich weiß.«

»Verstehst du, was ich sage?«

»Ich verstehe.«

»Okay, sei ein Mann.«

»Okay.«

Ich ging zurück ins Schlafzimmer und legte mich wieder ins Bett. Das Licht in der Küche ging aus, und der Fußboden knackte unter seinen Füßen, als er in das Schlafzimmer neben uns tappte. Es tat einen Schlag, als erst sein einer und dann sein anderer Schuh zu Boden fiel. Ich hörte das Geklimper von Münzen und Nägeln, als er seine Hosen auszog, dann das Quietschen der Bettfedern, als sein Gewicht neben meiner Mutter ins Bett sank.

Ich stellte mir vor, wie sie dort lagen in der Dunkelheit verschiedener Welten, ein Packesel und ein Huhn, die denselben Futtertrog teilten. Mann und Frau, Seite an Seite in zwei Kuhlen einer durchgelegenen Matratze und doch getrennt durch die Überreste ihrer toten Ehe. In mir krampfte sich etwas zusammen. Na gut! Meine Mutter sah nicht mehr besonders gut aus mit ihren kaputten Zähnen, die raus mußten, und ihren grauen Haaren, die ihr langsam ausfielen. Sie besaß weder Rouge noch Lippenstift, und ihr Hintern würde lächerlich winzig aussehen auf einem Barhocker in der ›Onyx‹-Bar, aber sie würde niemals Lippenstiftspuren auf dem Gesicht eines anderen Mannes hinterlassen. Sie tat, was getan werden mußte, ganz ergeben in den Willen Gottes – sie wusch, putzte, kochte und zog ihre Kinder groß. Das langte schon, um einen Mann aus dem Haus zu treiben, und ich konnte es ihm nicht verdenken, daß er um sein Leben rannte. Aber diese Frauen! Diese breitärschigen, faulen Weiber! Die wußten, daß er Frau und Kinder hatte, und trotzdem schmierten sie ihm ihren Lippenstift ins Gesicht, und er war genauso schlecht wie sie, weil er das zuließ.

Ich konnte nicht schlafen, wie sehr ich mich auch hin und her drehte, und meine Hand stieß gegen etwas unter Augusts Kopfkissen. Ich zog es vorsichtig unter dem Gewicht seines Kopfes hervor. Es war ein großer brauner Umschlag. Seit Monaten hatte ich nach diesem mysteriösen Umschlag gesucht; ich wußte, daß er ihn, seinen geheimsten Besitz, versteckt hielt.

Er schlief tief und fest und mit offenen Mund. Ich setzte mich auf und zog den Inhalt aus dem Umschlag. Es waren Hochglanzfotos von Carole Lombard, eine ganze Sammlung, und sie strahlten eigenartig im kalten, klaren Licht. Sie zeigten sie im Badeanzug und in Abendkleidern, mit riesigen Hüten und Piratenkostüm, auf dem Rücken eines Pferdes, im Rennboot und auf Zehenspitzen in Unterwäsche.

Dann stieß ich auf den wahren Grund für Augusts Heimlichtuerei. Ein paar von den Fotos waren in seiner eigenen Handschrift signiert: »Für meinen Liebsten August – Carole.« »Für August in ewiger Liebe – Carole.« »Für Augie zur Erinnerung an unsere heißen Nächte in Malibu – Carole.« »Lieber August: Mach mit mir, was Du willst. Ich bin Dein mit Leib und Seele – Deine Carole.«

Eigentlich sollte man darüber lachen. Nur Dummköpfe schrieben sowas. Ich sah ihn an, wie er mit offenem Mund dalag und sein Atem in der eisigen Luft dampfte. Die Unterschriften waren nicht komisch. Er hatte traurige Sachen geschrieben, Intimes, zu heilig, als daß jemand anderes es lesen sollte. Er war fünfzehn, und ich behandelte ihn immer noch, als wäre er fünf oder sechs. Da lag er nun, nur zwei Jahre jünger als ich, und träumte so leidenschaftlich von Carole Lombard wie ich von Baseball. Zärtlichkeit erfüllte mich. Ich beugte mich hinüber und küßte seine kalte Stirn. Dann steckte ich die Fotos zurück in den Umschlag und schob ihn wieder unter sein Kopfkissen.

Ich lag da in der weißen Nacht und schaute meinem Atem zu, der sich in der kalten Luft verlor. Träumer, wir waren ein Haus voller Träumer. Oma träumte von ihrem Zuhause in den fernen Abruzzen. Mein Vater träumte davon, seine Schulden los zu sein und Seite an Seite mit seinem Sohn Mauern hochzuziehen. Meine Mutter träumte von einem gutgelaunten Ehemann, mit dem der Himmel sie belohnte, einem, der nicht weglief. Meine Schwester Clara träumte davon, eines Tages Nonne zu werden, und mein kleiner Bruder Frederick konnte es kaum abwarten, bis er erwachsen und Cowboy sein würde.

Wenn ich die Augen schloß, konnte ich das Summen der Träume im Haus hören. Darüber schlief ich ein.

Kapitel Zwei

Plötzlich fühlte ich mich aus tiefem Schlaf gerissen und spürte etwas ganz in meiner Nähe. Das war kein Traum. Es war jemand im Schlafzimmer außer mir und meinem Bruder. Ich öffnete die Augen.

Der Raum war eiskalt, mein Atem sah in der gefrorenen Luft aus wie eine Säule aus Kohlenmonoxyd. Eine Frau stand so dicht neben dem Bett, daß ich die Hand ausstrecken und sie hätte berühren können. Ihr Gewand war aus fließendem blauem Samt, und um ihre schmale Taille wand sich ein goldenes Band, das zu ihrem blonden Haar paßte. An ihren Füßen trug sie blaue Sandalen mit goldenen Riemchen. Sie schaute zu mir hinunter und lächelte. Einen Augenblick lang glaubte ich, es sei Carole Lombard. In ihrer Hand hielt sie eine leuchtende Weltenkugel, den Planet Erde, die Kontinente darauf waren gold, die Ozeane und Flüsse hatten ein strahlendes Blau.

Auf einmal wußte ich, wer sie war, und der Schock trieb mich zitternd unter die Bettdecke.

Sie war die Jungfrau Maria. Sie mußte es sein. Das Bett bebte mit meinem Herzschlag, und ich hatte Angst, wieder hinzuschauen.

Ich rüttelte meinen Bruder. »Augie.«

»Was?« Er rollte sich weg von mir.

Ich rüttelte ihn wieder und kroch näher an ihn heran.

»Da ist jemand«, flüsterte ich.

Er schoß hoch und saß im Bett, plötzlich hellwach und voller Angst. »Wo? Ich sehe niemand.«

Ich setzte mich auf und schaute dorthin, wo sie gestanden hatte. Sie war weg! »Sie hat genau da gestanden. Ich hab' sie mit eigenen Augen gesehen, ehrlich.«

»Wen?«

»Die heilige Jungfrau.«

»Oh, Scheiße«, angeekelt ließ er sich fallen und zog die Decke über den Kopf.

Am Morgen weckte uns meine Mutter, und ich war ziemlich durcheinander, während ich auf der Bettkante saß und anfing, mich anzuziehen. Augie lag auf dem Rücken und starrte an die Decke.

»Junge, Junge, du hast vielleicht einen Albtraum gehabt.«

»Das war kein Albtraum, ich hab' sie gesehen.«

»Du hast einen Knall.«

»Ich hab' sie gesehen, verdammt nochmal!«

Er warf die Decke zurück und stieg in seine Hosen. »Vielleicht stimmt's ja.« Er bückte sich und zog die Socken an. »Sie kommt nämlich nur zu Schwachköpfen.«

»Ich sag dir doch, ich hab sie gesehen.«

»Tu mir einen Gefallen.«

»Nur, wenn's nich' anders geht.«

»Sag Mama nichts davon. Du weißt, wie sie ist. Die glaubt dir noch und macht aus unserm Zimmer eine Kapelle. Die stellt Kerzen hin und besprüht alles mit Weihwasaser. Wir wollen doch nicht in 'ner Grotte pennen wie in Lourdes.«

»Augie, ich hab' sie gesehen, ich schwöre es dir.«

»Ich freue mich für dich, Dom.« Er lächelte. »Ich freue mich für die ganze Familie. Nicht jeder hat einen Heiligen zum Bruder. Kein Wunder, daß wir so reich sind.«

Wir wuschen uns und gingen in die Küche zu unserem Frühstück aus Haferflocken und Kaffee. Clara und Frederick saßen schon dort und waren fast fertig. Oma stand wie ein bärbeißiger Polizist neben dem Tisch und hatte die beiden Griffe der Zuckerdose fest in ihren Händen. Sie war der selbsternannte Zuckerausteiler und gegen den Gebrauch von Zucker in jeder Form, während wir ihn an allem mochten. Jeden Morgen brachte sie die Zuckerdose aus ihrem Schlafzimmer, hielt mit ihren blaugeäderten Händen die Henkel ganz fest und kämpfte mit uns um jeden Löffel voll.

Clara und Frederick machten sich auf den Schulweg, und Augie und ich aßen schweigend, während Mama schwarzen Kaffee trank. Dann stieß Augie mich an.

»Mama«, meinte er, »hast du in der letzten Zeit die heilige Jungfrau Maria gesehen?«

»Oh ja«, antwortete sie und ihre Augen leuchteten auf.

»Wie geht's ihr?«

»Gut, gut. Sie ist so wunderschön.«

»War sie im Himmel?«

»Oh nein. Sie war im Hühnerstall.«

»Im Hühnerstall? Was hat sie da gemacht?«

Sie beugte sich vor, ihre Augen waren riesig vor Begeisterung. »Sie kniete unterm Kreuz und küßte die Füße unseres Herrn.«

Augie schaute mich an und nickte weise.

»Hat sie irgendwas gesagt?«

»Sie hat gesagt: Dies ist mein geliebter Sohn, der für die Sünden der Welt gestorben ist.«

Augie grinste mich an.

»Hast du was Besseres auf Lager, du Knallkopf?«

»Halt's Maul.«

»Ich wollte, sie würde mir mal erscheinen. Manche Leute haben einfach immer Glück.«

»Du mußt nur beten«, sagte Mama. »Gebete können alles.«

»Hörst du das, du Blödian. Bete!«

Ich nahm eine Handvoll Haferflocken und schaufelte sie ihm ins Gesicht. Er saß einfach da, der Brei lief ihm über Augen und Nase, und er grinste ungerührt weiter.

»Oh Dominic! Warum?« Mama seufzte.

»Bruder gegen Bruder. Gott helfe Amerika.« Oma jammerte und verschränkte ihre Hände vor dem Bauch.

Ich griff mir meine Bücher und machte mich auf den Schulweg.

Den ganzen Vormittag ging es mir nicht aus dem Kopf, ein hartnäckiges Gespinst aus Erinnerungen, das sich nicht wegschieben ließ. Hatte ich wirklich die Jungfrau Maria gesehen, oder war es meine Mutter gewesen, die neben meinem Bett gestanden hatte? Meine Mutter konnte es nicht gewesen sein. Hatte sich eine fremde Frau von der Straße in unser Haus verirrt? Vielleicht war sie eine optische Täuschung gewesen, ein Spiel aus Licht und Schatten? Wer hätte jemals von einer Frau in blauem Samt und goldenen Sandalen gehört, die in fremde Schlafzimmer ging? Und warum hatte ich ihre Gegenwart gefühlt, bevor ich sie gesehen hatte?

Ich konnte an nichts anderes mehr denken. Ich schwänzte Geometrie und ging spazieren. Auf der Veranda des Pfarrhauses lief im schwarzen Mantel Vater Murray auf und ab und las in seinem Brevier. Ich ging auf ihn zu und wollte ihm von der Vision erzählen, aber dann wurde mir klar, daß das überhaupt nichts nützen würde, weil er alle Antworten auf alle Fragen im Himmel und auf der Erde wußte und seine Weisheiten austeilte wie andere Leute Kaugummi.

Ich kam an den Seiteneingang der Kirche und ging hinein. Drin roch ich den Weihrauch von Taufe und Beerdigung, von Hochamt und Danksagung, es roch nach mir, meinem vergangenen Leben, meinem Leben vor meiner Geburt und nach meinem Tod.

Meine Mutter und mein Vater hatten in dieser Kirche geheiratet, und wir Kinder waren hier getauft worden. Opa Giovannis Beerdigung hatte hier stattgefunden so wie die von Oma und uns allen hier stattfinden würde. Es war, als käme ich in die Kirche von Torricella Peligna. Ich bin nie dort gewesen, aber ich wußte, dort war es genauso. Derselbe Geruch von Wachskerzen und Weihrauch und ein paar alte Frauen, die genauso knien und beten, wie die zwei oder drei, die ich vor dem Altar der heiligen Jungfrau kauern sah.

Ich tauchte meine Finger ins Weihwasserbecken, bekreuzigte mich und schlich auf Zehenspitzen über den Schieferboden zur Statue der heiligen Jungfrau. Ihr bleiches Gipsgesicht schaute auf mich herunter, während ich niederkniete. Sie war barfuß, unter ihren Füßen wand sich eine zertretene Schlange, in ihren Armen lag das Jesuskind. Es war keine schöne Statue. Mit ihren dicken Backen und dem zu kantigen Kiefer sah die Jungfrau Maria eher überheblich als freundlich aus. Das Kind hatte den Gesichtsausdruck eines stirnrunzelnden, alten Mannes und war nicht viel größer als ihre Hände.

Ich versuchte zu beten. »Warst du es? Was soll das bedeuten?« Ich schaute sie an, und je länger ich sie fixierte, desto häßlicher wurde die Statue, bis mir schließlch klar wurde, daß ich nicht die Jungfrau gesehen hatte, sondern eher ein menschliches Geschöpf. Vielleicht wirklich Carole Lombard, oder die Garbo, oder Jean Harlow, oder Miriam Hopkins. Mir schwirrte der Kopf. Es war sinnlos und ermüdend.

Als die Mittagsglocke läutete, war ich erleichtert, und als ich auf den Schulhof kam, jagte die Sonne wie ein strahlendes Pferd eine Herde von Wolken über die Berge. Jungen standen in kleinen Gruppen auf von der Sonne angewärmten Stellen des Handballfeldes. Die Mädchen in ihren weißen Matrosenblusen und Faltenröcken scharten sich kichernd und schwatzend um die Nonnen auf der Schultreppe, ihre Stimmen klangen wie Vogelgezwitscher. Alles taute, die kahlen Bäume tropften, Schneeklumpen lösten sich auf dem

Schieferdach, rutschten langsam in die Regenrinne und landeten schwer auf der Erde.

Ich lehnte mich an den Fahrradständer und spürte die Sonne wie einen warmen Kuß auf der Haut. Was für ein Tag! Ich konnte schon die Bälle vor dem blauen Himmel fliegen sehen. Jungs kamen vorbei und grüßten ehrerbietig, fragten nach dem Arm und meinten, es würde jetzt nicht mehr lange dauern. Wenn sie sagten, »Hi, Dom«, machten sie dem besten *Pitcher* von St. Catherine ihre Aufwartung und nicht dem Jungen mit Sommersprossen und Segelohren.

Zwei Erstkläßler kamen auf mich zu, und der eine sagte: »Hey, bist du nicht Dominic Molise?«

»Stimmt genau.«

Es war wie ein Interview mit zwei Sportreportern.

»Ich habe dich spielen sehen gegen Boulder Prep. Mann, du warst Spitze!«

Ich lächelte bescheiden. »Nur zwei Schläge, wenn ich mich recht erinnere.«

»Du hast 19 Mann nicht zum Zug kommen lassen.«

»Einer von meinen besseren Tagen.«

»Sag mal, Dom, spuckst du auf den Ball?«

Ich lächelte geheimnisvoll.

»Die Antwort ist: Ja. Aber zitier mich nicht.«

»Meinst du, wir haben dieses Jahr ein gutes Team, Dom?«

»Was mich angeht, stehen wir gut da.«

Sie grinsten.

»Wie groß bist du, Dom?«

»So um die einssiebzig.«

»Na, da bin ich ja größer.«

Ich konnte nur lachen. »Wie siehst du mit einem Schläger in der Hand aus, du Knilch? Wenn ich werfe?«

Das brachte ihn zum Schweigen. »Ach, war nicht so gemeint, Dom.«

»In Ordnung, Junge.«

Sie gingen weiter.

Sogar Der Arm pulsierte wie eine Pflanze, die man in die Sonne stellt. Ich konnte fühlen, wie es in ihm arbeitete, wie er aus seinem Winterschlaf aufwachte. Ich kniff ihn freundlich. Immer mit der Ruhe, mein Lieber; ist erst Mitte Februar, laß dich nicht täuschen von ein bißchen Sonnenschein; beruhig dich, schlaf weiter. Nach der Schule trainieren wir ein bißchen, damit du mal Bewegung hast.«

Drei Uhr nachmittag, und es schneite wieder, die Flocken waren so groß wie Hostien und der Himmel ein dämmriges Dunkel. Der Elk-Club, in dem Ken Parrish und ich zwei- oder dreimal die Woche im Gymnastikraum im Keller trainierten, lag vier Blocks entfernt. Kens Vater war im Clubvorstand bei den Elks und hatte es arrangiert, daß wir dort trainieren konnten. Der Gymnastikraum war zu klein, um Bälle zu schlagen, aber wenn wir uns auf der Bowlingbahn einander gegenüberstellten, konnten wir uns Bälle zuwerfen.

Als ich ankam, war Ken noch nicht da. Ich zog den Trainingsanzug und Turnschuhe an und streckte mich auf einer Bank im Umkleideraum aus, während ich auf ihn wartete. Die Kellerfenster lagen auf einer Höhe mit der Straße, und ich konnte sehen, wie der Schnee auf den Fußweg fiel und die Füße der Passanten sich gegen den auffrischenden Sturm stemmten.

Es war eine gute Zeit für mich, der beste Teil meines Winters, diese Nachmittage mit Ken Parrish. Er war im letzten Semester in der Roper Highschool und mein bester Freund. Nur Baseball hielt uns von einem Tag zum nächsten am Leben.

Ken war nach Roper zurückgekommen, nachdem er aus zwei Schulen an der Ostküste rausgeflogen war, nicht wegen schlechter Noten, sondern weil er wegen Baseballspielen im Fenway Park in Boston die Schule geschwänzt hatte.

Sein Idol war Lou Gehrig von den Yankees. Er besaß drei kaputte Schläger von Gehrig und ein Pflaster mit Gehrigs getrocknetem Blut und kleinen Härchen von seinem Daumen auf den Klebeflächen. Und so war er dazu gekommen: Eines Nachmittags saß Kenny hinter der Spielerbank der Yankees und sah, wie Lou Gehrig sich das Pflaster vom Daumen riß und es nahe der *First Baseline* aufs Spielfeld fallen ließ. Ken raste den Gang hinunter, sprang über die Absperrung aufs Spielfeld und holte sich das Pflaster, ehe zwei Ordner ihn zu fassen bekamen. Sie warfen ihn aus dem Stadion, aber Ken hatte sein Souvenir, und deshalb machte es ihm nichts aus. Nach dem Spiel drückte er sich vor dem Umkleideraum der Yankees rum, bis Gehrig rauskam. Ken bat den berühmten Mann um ein Autogramm, und Lou unterschrieb mit seinem eigenen Füllfederhalter. Das blutgetränkte Pflaster hing jetzt, gerahmt und unter Glas, in Kens Schlafzimmer an der Wand. Er war überzeugt, es würde eines Tages sehr wertvoll werden, aber ich hatte meine Zweifel. Der Ruhm alter Baseballspieler verblaßt schnell.

Die Parrishes waren die reichste Familie in Roper. Ihnen gehörten der Eisenwarenladen und die Möbelfirma, und sie wohnten in einem dreistöckigen Tudor Haus auf dem College Hill. In ihrem Park lag ein Tennisplatz und das einzige private Schwimmbad der Stadt. Sie hatten drei Autos, einen Koch, eine Haushälterin und einen ganztags arbeitenden Gärtner. Ihr beleuchteter Weihnachtsbaum gewann jedes Jahr den ersten Preis.

Das massive Steinhaus war gebaut wie eine Burg und diente einem einzigen Zweck: als Festung zum Schutz der einzigen Tochter. Kenny lud mich oft ein, deswegen wußte ich, daß Dorothys Schlafzimmer auf der Südwestseite im zweiten Stock lag. Oft machte ich abends, bei schönem und schlechtem Wetter, einen Umweg am Haus vorbei und schaute hoch. Manchmal sah ich sie dort oben, aber meistens nicht. In ihrem Fenster das Licht warm durch die Vorhänge scheinen zu sehen, ließ mein Herz schneller schlagen. Ich liebte sie. Es war verrückt, unmöglich und dumm, aber ich wollte der Teppich sein, über den sie ging, das Bett, in dem sie schlief, die Seife, die ihre Haut wusch, die Klobrille, auf der sie saß.

Sie studierte Englisch im letzten Semester in der Colorado Universität unten in Boulder, und das mit Auszeichnung, und ich hatte diese unendliche Sehnsucht nach ihr, seit ich sie zum erstenmal gesehen hatte, vor drei Jahren, im Sommer, als sie im Eisenwarenladen ihres Vaters arbeitete. Ich kriege eine Gänsehaut, wenn ich daran denke.

Ich war an dem Morgen dorthin gegangen, um etwas für meinen Vater zu holen, und sie stand hinter dem Tresen in einem grauen Kittel.

»Kann ich dir helfen?« fragte sie.

Ich sagte, ich suchte einen Nummer-Zwei-Zimmermannsbleistift.

»Gibt's sowas wirklich? Ich hab' noch nie was davon gehört«, sie lächelte.

»Ja, sicher. Ein breiter, flacher Bleistift.«

Ihre Augen waren groß und warm und grau. Sie trug einen gepflegten Bubikopf. Sie war die netteste Blondine, der ich je begegnet war. Ich wußte, wer sie war; sie war Königin der Erstsemester an der Uni und gut in Tennis, und ihr Foto war oft in unserer Zeitung und in der Denver Post abgedruckt.

Sie fragte ihren Vater nach den Bleistiften. Er deutete auf ein Regal an der Frontseite. Ich folgte ihr einen Gang hinunter zwischen hohen, vollgepackten Regalen hindurch. Sie bewegte sich wie eine Katze, fließend und sicher in ihren weißen Turnschuhen. Ihr Kittel war ein paar Zentimeter kürzer als der blaue Rock, den sie darunter trug, und ihr Po wippte klein und kompakt wie der eines Sportlers.

Die Bleistifte lagen auf einem Regal ganz weit oben, und sie schob die hohe Leiter auf der Schiene an den richtigen Platz. Ohne zu zögern, kletterte sie hinauf.

»Warten Sie, ich mach das.«

»Sei nicht albern«, sie lächelte.

Die Leiter war absolut sicher, in Schienen oben und unten fest verankert, aber ich hielt sie trotzdem mit beiden Händen fest. Das geschah ganz instinktiv, schließlich hält man automatisch eine Leiter fest, sowie jemand darauf klettert. Ich tat noch was instinktiv, ich glotzte. Was ich sah, hatte ich noch nie vorher so zu Gesicht bekommen. Ihr Po, zwei goldene, runde Brotlaibe, eine atemberaubende Öffnung dazwischen und ein Haarbüschel wie Messingspäne.

Mein Leben lang hatte ich über die deprimierende Reizlosigkeit dieses Ortes gebrütet und gegrübelt.

So, wie er mir unter den Röcken meiner Mutter und Tanten begegnet war, war er erschreckend wie ein Mäusenest, trostlos wie das

Rohr eines Staubsaugers, obszön, aber unumgänglich, die herbe Wahrheit, der sich jeder Mann eines Tages stellen muß. Kein Wunder, daß Frauen diese Stelle versteckt hielten. Kein Wunder, daß es eine Sünde war, dahin zu gucken, eine Sünde, sich danach zu sehnen und sogar eine noch größere Sünde, dort einzudringen, es sei denn, man ist verheiratet.

Und da war sie nun, zwei Meter über meinem Kopf auf der Leiter, eine schwebende, goldbraune Wolke unter dem Zelt ihres Rockes, das Sonnenlicht durchs Fenster ließ sie funkeln, und ich war hypnotisiert.

Plötzlich hörte ich ihre Stimme: »Das ist der idiotischste Gesichtsausruck, den ich in meinem ganzen Leben gesehen habe.«

Sie starrte mit einem tödlichen Lächeln auf mich herunter. Ich fühlte Scham und Panik. Ich wollte abhauen. Sie stieg die Leiter herunter, ich konnte sie nicht ansehen und drehte mich weg.

»Da hast du ihn.«

Ich schaute mich um, sie hielt mir den Bleistift hin und sah mich aufmerksam an, weniger ärgerlich als vielmehr verachtungsvoll.

»Zehn Cents.«

Ich gab ihr das Geld und nahm den Stift. Zitternd und außer mir wollte ich wegrennen und landete in einem Drahtgestell, auf dem Malerpinsel drapiert waren. Ein paar Pinsel fielen runter. Ich wollte nur weg. Sie stand da und schaute mich an.

Ich stotterte eine Entschuldigung und wollte die Pinsel aufheben.

»Ich mach das schon. Geh.«

Ich stolperte auf die Straße. Es war an der Zeit, zu sterben, mein Leben war zu Ende. Ich wanderte die Zwölfte Straße hinunter und suchte nach einem Ort, an dem ich mich verstecken konnte, um nie wieder aufzutauchen. Nach ein paar Schritten kam ich zum Weg. Dort war es schattig und dunkel. Ich fand eine freundliche Mülltonne und klammerte mich mit beiden Händen an ihr fest, starrte in ein Durcheinander aus fettigen Lappen, leeren Ölbüchsen und Schrott. Hier wollte ich untertauchen und mich verstecken.

Wochenlang verfolgte mich dieser Morgen. Ich traute mich nicht, an dem Eisenwarenladen vorbeizugehen, in den unmöglichsten Momenten war die Erinnerung wieder da. Sie war wie eine Bombe, die mir fast den Schädel sprengte, ich konnte mich nicht mehr im Spiegel anschauen, und nachts krümmte ich mich wie ein tödlich Verwundeter. Schließlich gab ich ihr die Schuld. Sie hätte nicht auf die Leiter steigen sollen. Sie hätte mich das machen lassen sollen. Sie hatte es mit Absicht getan.

Erst als ihre Bruder und ich Freunde wurden und Kenny mich zu sich nach Hause einlud, bin ich ihr wieder begegnet.

Er brachte mich ins Wohnzimmer der Familie Parrish, und da war sie – inzwischen einundzwanzig, schön wie ein Gletscher, ihre goldgelben Haare schulterlang. Sie saß in einem Ledersessel und las durch eine große, dunkel gerahmte Brille. Das Fiasko im Eisenwarenladen war drei Jahre her, und ich hielt den Atem an, als wir durch den Raum gingen und Kenny mich vorstellte. Sie sagte »Hallo« und schaute über ihren Brillenrand, dann las sie weiter in dem Buch auf ihrem Schoß. Ich atmete auf. Sie hatte mich nicht erkannt.

»Bin gleich wieder da«, Kenny rannte nach oben. Ich setzte mich aufs Sofa, und wir waren miteinander mehr als allein; es war, als wäre ich überhaupt nicht im Zimmer. Sie saß nahe am Fenster, und die Nachmittagssonne schien sanft durch die sich leicht bauschenden Vorhänge. Ihre Beine hatte sie unter sich gezogen, ihre seidenen Knie glänzten wie goldene Kugeln. Sogar als sie sich eine Zigarette ansteckte, sahen ihre Augen durch mich hindurch, und ich war froh.

Der Raum war riesig, mit Holzbalken an der Decke und einem Kamin, der groß genug war, daß man drin stehen konnte. Die Stühle und Sessel waren mit feinem grünem Leder bezogen. Hunderte von Büchern bedeckten die Wände. Ein Plattenspieler spielte ganz leise den Bolero von Ravel.

»Stört's, wenn ich rauche?«

Sie nahm ein Päckchen Zigaretten und warf es mir zu. Ich fing es lässig mit einer Hand auf und sagte: »Danke, ich habe meine eigenen.«

Wieder Stille. Ich steckte mir eine an, lehnte mich in den bequemen Sessel zurück und blies den Rauch in Richtung Balken.

»Ganz schön viele Bücher.«

Keine Antwort. Ihre Hand blätterte eine Seite um. Ich stand auf und ging zu den Regalen. Es waren meist neue Bücher, die Art, wie sie im Schaufenster von Martins Schreibwarenladen ausgestellt waren: Hemingway, Caldwell, Bromfield, Waugh. Mein eigener Buchhorizont war streng auf den Stil von St. Catherine beschränkt: Quo Vadis, Das Leben der heiligen Therese, Ivanhoe.

Kens Mutter war ganz anders: plump und schick angezogen, eine Dame der Gesellschaft, immer in der Zeitung. Sie mochte mich nicht, aber sie gab sich Mühe. Jedesmal, wenn sie im Haus auf mich stieß, blitzten ihre Augen erstaunt, und sie versuchte, sich an meinen Namen zu erinnern.

»Hallo, Tony.«

»Dominic. Dominic Molise.«

»Und was war das nochmal, was du so gut kannst? Ken hat mir davon erzählt.«

»Einen Baseball werfen.«

»Ah ja. Naja, jedem das Seine. Nicht wahr?« Und damit wandt sie sich zu Kenny und meinte: »Hör mal, ich will nicht, daß du mit Tony irgendwelche Dummheiten machst«. Und weg war sie, stieg in ihr Auto und fuhr zu einer wichtigen Verabredung.

Mr. Parrish habe ich nur selten gesehen. Früher an der Uni war er ein guter Sportler, aber inzwischen sah er grau und dick aus, trug ständig denselben Tweedanzug, war Kettenraucher, machte sich Sorgen ums Geschäft, hörte die Nachrichten im Radio, haßte Roosevelt und verstreute und zerfledderte die Zeitungen um seinen Stuhl herum.

Kenny kam gern zu uns nach Hause. Das Haus war alt und einfach, aber er fühlte sich wohl, wenn er in der Küche am Fenster saß und einen Teller Spaghetti oder Minestrone mit selbstgebackenem Brot aß. Meine Mutter war geschmeichelt, weil er sich für ihre Kochrezepte interessierte. Meine Oma Bettina, die ihn mißtrauisch beobachtete und über seine handgearbeiteten Schuhe, geschneiderten Hosen und Kaschmirpullover die Nase rümpfte, fand er einfach hinreißend. Sie saß mit verschränkten Armen am Tisch, schaute ihm beim Essen zu und murmelte auf italienisch Beleidigungen vor sich hin, die Kenny genoß, aber nicht verstand.

»Was war das«, wollte er wissen, »was hat sie gesagt?«

Und ich übersetzte: »Sie sagt, du bist der Sohn einer Hure, die von hier bis Palermo gebumst worden ist.«

»Wunderbar, toll!«

Und er sprang auf, umarmte sie und wollte sie küssen, während sie mit ihren kleinen Händen auf ihn einschlug und sich schließlich ins Schlafzimmer flüchtete.

Auf der Bank im Umkleideraum döste ich vor mich hin und wartete auf Kenny. Der Raum war warm und roch nach Dampf, Schweiß und Desinfektionsmitteln. Meine Zukunft umschmeichelte mich wie eine Welle. Ich spürte die Verheißung kommender Tage, die aufregenden Jahre, die mich erwarteten. Bei großen Männern war das immer so. Sie saß ihnen in den Knochen, diese geheimnisvolle Energie, die sie von der übrigen Menschheit unterschied. Sie wußten es! Sie waren anders! Edison war taub. Steinmetz hatte einen Buckel. Babe Ruth war Waise, Ty Cobb ein armer Junge aus Georgia. Giannini fing am Punkt Null an. Henry Ford hielten die Leute für verrückt. Carnegie war ein Zwerg wie ich. Tony Canzoneri kam aus den Slums. Arme junge Männer, voll magischer Kraft, glücklich in Amerika. Gott sei Dank, mein Vater war so schlau und hatte Torricella Peligna verlassen! Die Zeiten waren schlecht, keine Frage, die Wirtschaftskrise stand in voller Blüte, aber was für eine glanzvolle Zukunft lag vor den Auserwählten!

Kenny kam gegen vier. Er trug eine Pelzmütze und einen dreiviertellangen Schaffellmantel, funkelnagelneu.

»Nicht schlecht«, meinte ich und schaute ihm zu, wie er sich aus dem Mantel schälte.

»Willst du ihn?« Er warf ihn mir zu. »Nimm ihn. Sei mein Gast.«

Ich sagte ihm nein danke, weil er es nicht ernst meinte, es war nur einer von seinen Tricks, um zu zeigen, wie viele seiner Sachen ihm gleichgültig waren.

Er fühlte sich mies, zog seine Schuhe aus und warf sie gegen die Spinde.

»Scheißschnee.«

Er zog seine Hosen aus. Er sah seiner Schwester ähnlich, dieselben grauen Augen und derselbe Knochenbau. Ich war immer wieder überrascht, Dorothys Beine, ihre schmale Taille an ihm zu sehen. Seine Unterhosen waren zart und verspielt, sowas erwartete man bei einer Frau, und ich dachte, daß die ihm die Zukunft als *First Baseman* versauen könnten. Kein Baseballspieler, der was auf sich hält, würde es wagen, sich in solchen Unterhosen in einem Umkleideraum sehen zu lassen.

Er zog seinen Trainingsanzug und seine Turnschuhe an, wir nahmen unsere Baseballhandschuhe, gingen zur Bowlingbahn und fingen an, uns gegenseitig den Ball zuzuspielen. Wir redeten kein Wort, spielten uns warm. Durch die kleinen Fenster konnten wir sehen, wie dicht der Schnee fiel. Es war deprimierend. Einer meiner Würfe ging tief und kraftvoll unter seinem Handschuh durch und knallte gegen die Wand.

Angeekelt drehte er sich noch nicht mal, um ihn aufzuheben.

»Verdammtnochmal. Laß uns aufhören.«

»Wir haben doch gerade erst angefangen.«

Er schmiß seinen Handschuh über die ganze Bowlingbahn bis in den Umkleideraum.

»Das ist Irrsinn. In einer verpennten Stadt in Colorado werfen sich mitten im Winter im Keller vom Elk-Club zwei intelligente menschliche Wesen einen Baseball zu. Das macht mich krank.«

»Besser, als rumhängen und nix machen.«

»Ich habe die Schnauze voll. Ich könnte dieses gottverdammte Nest in die Luft sprengen. Diese Rumwichserei.«

Wir zogen uns aus und gingen unter die Dusche. Durch den Heißwasserstrahl konnte ich es draußen schneien sehen. Roper war nur eine Zwischenstation auf dem Weg zur Ruhmeshalle. Ein Mann kann jede vorübergehende Krise meistern, er muß nur Vertrauen in die Zukunft haben.

Wir trockneten uns mit den dicken, flauschigen Clubhandtüchern ab. Draußen war es jetzt dunkel. Wir hörten das Knirschen der Schneeketten und das gedämpfte Dingdong der Uhr am Gerichtsgebäude. Sie schlug fünf.

Ich legte mich auf den Massagetisch und reckte den Arm in die Luft. »Er braucht dich, Ken. Er schreit nach deinen Zauberhänden.«

»Okay, mein Freund«, er tätschelte meinen Bizeps. Ken goß sich Alkohol in die Handflächen, rieb den Arm damit ein und fing an, ihn zu massieren; von den Fingerspitzen arbeitete er sich langsam aufwärts, knetete den Alkohol in die Poren und walkte und streichelte meine Muskeln, bis sich die Spannung löste und der Arm weich und geschmeidig schlaff in seinen Händen lag.

»Ist er nicht schön?« meinte Ken, »wie ganz weiches Leder.«

Ich ballte die Faust und spürte, wie der Arm sich bis hinauf zum Schlüsselbein in Eisen verwandelte. Er hatte sich noch nie besser angefühlt. Erst Februar, und der Arm war schon in Höchstform, als wäre es Mitte August.

Er hob ihn an den Fingerspitzen hoch, und der Arm war schwer und gelöst wie ein großer Fisch. »Unbezahlbar«, sagte Ken, »eine tödliche Waffe.«

Geschmeichelt setzte ich mich auf.

»Danke, du hast ihn so gut versorgt.«

»Das Vergnügen war ganz meinerseits, Dom. Ich beneide dich.«

»Lieber nicht. Ist ja nichts passiert – bis jetzt.«

»Ich bin nur ein mittelmäßiger Baseballspieler an 'ner Highschool ohne jede Zukunft.«

»Danke gleichfalls. Mein alter Herr hat mir das gestern klargemacht. Er macht einen Maurer aus mir.«

»Nur über meine Leiche.«

»Es ist alles schon geplant. Ich mache die Schule fertig und fange an, bei ihm zu lernen.«

»So blöd kann er nicht sein. Ich rede mit ihm.«

»Er meint es gut. Er kapiert nur einfach nichts, der arme Trottel.«

Er packte mich. »Dom, laß uns hier abhauen, bevor es zu spät ist.«

»Wohin denn?«

»Nach Catalina, wo die Cubs sind.«

»Ich dachte, du schwärmst für die Yankees?«

»Die sind in Florida. Das ist zu weit und zu spät. Nach Catalina sind's nur fünfzehnhundert Meilen.«

»Und was machen wir, wenn wir da sind?«

»Probieren's bei den Cubs, du Arsch.«

Ich geriet in Fahrt: »Meinst du das ernst?«

»So wahr mir Gott helfe!«

Ich sprang vom Tisch runter und rieb mir die Hände. Ich lief auf und ab, kickte ein Handtuch. »Lieber Himmel, ich bei den Cubs!« Er tanzte mit baumelnden Eiern durch den Raum. Schließlich ging er an seinen Spind, holte eine Packung Kippen raus, und wir steckten uns jeder eine an. Nach ein paar Zügen wurden wir ruhiger und nachdenklich.

»Ich will dich was fragen«, meinte Kenny.

»Raus damit.«

»Ganz im Vertrauen. Die absolute Wahrheit.«

»Okay.«

»Lüg mich nicht an, Dom. Oh Gott, mach mir nichts vor, es ist zu wichtig!«

Ich legte die Hand aufs Herz.

»Du hast mein Ehrenwort.«

Er zögerte, drückte seine Zigarette aus. »Bin ich gut genug, um's bei den Chicago Cubs zu probieren?«

Puh! Was eine Frage! Seine hungrigen Augen bettelten um die einzig mögliche Antwort. Jede andere wäre das Messer direkt ins Herz. Also das Ende unserer Freundschaft. Jetzt kam's drauf an, ich durfte keinen Fehler machen. Ich ging zum Spind und zog meine Unterhosen an, dann zum Spiegel und kämmte mir die Haare.

»Du machst mich fertig, Dom.«

»Du mußt mir ein bißchen Zeit zum Nachdenken lassen. Was ich sage, ändert vielleicht dein ganzes Leben. Es ist eine schwierige Frage. Bei Gott, ich wollte, du hättest mich nicht gefragt.«

Ein kränkliches Lächeln auf seinem Gesicht.

»Du brauchst nicht zu antworten. Ich weiß schon, was du sagen willst«, er beugte sich vor, Ellbogen auf den Knien und Hände vors Gesicht.

»Keine voreiligen Schlüsse, Ken, ich bin noch am überlegen.«

»Mach schon, spuck's schon aus. Sag mir, daß ich ein kleiner zweitklassiger Spieler bin«, er lachte, ein gackerndes, unechtes Lachen und sagte dann erbittert: »Du könntest dich irren, weißt du? Ich bin noch jung, aus mir kann noch was werden. Ich hab' gute Hände, ich kann die Bälle weit schlagen. Verdammte Scheiße, ich habe genauso gute Chancen wie du!«

Ich ging auf ihn zu, legte meine Hände auf seine Schultern und lächelte. »Kenny, du hast mich was gefragt. Ich habe noch nicht geantwortet.«

»Dann mach's endlich, um Gotteswillen. Hör auf, mich auf die Folter zu spannen!«

»Ken Parrish, du bist der vielversprechendste Anwärter für die *First Base,* den ich je gesehen habe.

Als *Fänger* hast du heute schon das Format für die Erste Liga. In drei, vier Jahren bist du besser als Charlie Grimm, vielleicht auch als dein Idol Lou Gehrig. Und was das Schlagen angeht, wie könnte ich jemals deine drei *Homerums* gegen Fort Collins vergessen? Einer von denen muß an die hundertfünfzig Meter weit geflogen ein. Ken Parrish, du bist soweit! Du bist Oberliga, jetzt schon, in diesem Moment!«

Ein tiefer Seufzer, und er streckte mir die Hand hin.

»Danke, Spaghetti.«

Wir gaben uns die Hand.

»Ich mußte ehrlich ein. Und gleichzeitig wollte ich nicht, daß du größenwahnsinnig wirst.«

»Ich weiß deine Offenheit zu würdigen.«

Jetzt war ich dran.

»Ich würd' dich gern was fragen.«

»Schieß los, Kumpel.«

»Ich war ehrlich zu dir. Jetzt will ich, daß du ehrlich zu mir bist.«

»Dafür sind Freunde da. Was drückt dich, Dom?«

»Genau dasselbe: Wie sind meine Chancen bei den Chicago Cubs?«

Er runzelte die Stirn. »Hm, das ist eine schwierige Frage.«

»Nicht, wenn du mein Freund bist.«

»Ich muß darüber nachdenken.«

»Mach nur. Laß dir Zeit.«

Er kniff sich ins Kinn und versank in Schweigen. Ich beobachtete ihn, wie er seine Unterhose und sein Hemd, schließlich seine langen Hosen anzog.

Er war ganz konzentriert und starrte mit zusammengekniffenen Augen an die Decke. Dann zog er seine Socken und Schuhe an, ging zum Spiegel und band sich die Krawatte. Nun machte er sich die Haare naß und kämmte sich. Falls er versuchte, mich zu irritieren, hatte er kein Glück, weil ich die Antwort schon wußte. Aber trotzdem ließ er sich ganz schön Zeit, mehr als ich.

»Und?«

»Eine einzige Sache macht mir Sorgen. Wie groß bist du?«

»Was hat'n das damit zu tun?«

»Naja«, er zuckte die Schultern. »Machen wir uns nichts vor. Gute *Pitcher* sind groß und drahtig.«

Das wollte ich gar nicht wissen.

»Wie groß bist du, Parrish?«

»Einsfünfundachtzig.«

Ich verschränkte die Arme und umkreiste ihn.

»Und du hältst dich für einen guten *Hitter*?«

»Den besten«, er grinste. »Das hast du selbst gesagt.«

»Wie viele von meinen Bällen hast du getroffen in den letzten drei Jahren?«

»Ich bin ganz zufrieden«, freute er sich. »Fünf oder sechs vielleicht.«

»Du bist ein dreckiger Lügner! Einen einzigen hast du getroffen, und das war reine Glückssache, weil du zurückgezuckt bist und der Ball von allein ins rechte Feld geplumpst ist.« Ich ging ganz dicht auf ihn zu, meine Schulter bohrte sich in seinen Magen. »Weißt du, wie ich dir den Ball zuspiele, Parrish? Ganz nah, dicht an deinem Schwanz, weil du nicht den Mumm hast, stehen zu bleiben und zu schlagen.« Ich drückte ihn gegen die Wand.

»Moment mal«, er schob mich auf Armeslänge von sich weg. »Du hast mich was gefragt: ob ich denke, du bist soweit für die Cubs. Willst du jetzt meine Antwort wissen oder nicht?«

»Ne, kein Interesse.«

Er zuckt die Achseln. »Wie du willst.«

Wir schwiegen beide. Die Dampfrohre zischten. Ich sammelte meine Sachen zusammen und knallte sie in meinen Spind. Er zog seinen neuen Mantel an und rückte vor dem Spiegel seine Pelzmütze zurecht. Dann wandt er sich zum Gehen. Ich wollte nicht, daß es so endete. Wir hatten uns zu gut verstanden, zu viel schöne Zeiten miteinander gehabt, früher.

»He, Moment mal.«

Er bremste und kam zurück.

»Ich bin nicht sauer oder so.«

»Warum solltest du?« Er lächelte. »Du bist der Linkshänder mit den besten Aussichten im Amerika von heute.«

»Wieso hast du das nicht gleich gesagt?«

»Ich hab' dich auf die Probe gestellt. Das Kennzeichen eines großen Pitchers ist Trieb. Und Selbstvertrauen. Du hast beides, Dom.«

Ich hielt ihm meine Hand hin.

»Danke, Ken.«

Wir gaben uns die Hände. Er hielt meine Finger fest und drehte meine Hand herum. »Die Finger eines Künstlers. So kostbar wie die von Jehudi Menuhin. Wenn ich mir vorstelle, daß die Backsteine anfassen sollen, wird mir schlecht.«

Ich starrte meine zehn Finger an, dick und kurz und kraftvoll, so müssen die meines Vaters ausgesehen haben, bevor Steine und Zimmermannswerkzeug sie zu Wurzelknollen verbogen hatten, zu Bärentatzen. Es überlief mich kalt. Ich trat gegen die Spinde.

»Niemals werde ich Maurer! Gott soll mich tot umfallen lassen, wenn ich jemals eine Maurerkelle anfasse.«

»Catalina«, japste Ken. »Palmen am blauen Pazifik! Blauer Himmel voller Sonnenlicht! Warme, tropische Nächte! Kein Schnee! Ein kleines Inselparadies, du tust nichts anderes als in schicken Hotels gut essen und Baseball spielen.«

»Ich höre.«

»Stell dir das vor! Und hier stehen wir, in diesem Rattenloch von Keller, lebendig begraben in einem Schneesturm. Mein Gott, Dominic! Catalina is' nur über die Berge, knapp fünfzehnhundert Meilen weg!«

Es brach aus mir heraus: »Laß uns abhauen, Kenny! Laß uns hier verschwinden, bevor wir krepieren!«

»Hand drauf.«

Wir gaben uns nochmal die Hände.

»Wann?«

»Morgen. Wir nehmen den Bus und sind in zwei Tagen da.«

Das kühlte mich ab. Es gab da Probleme.

»Wieviel kostet das?«

Er vermutete fünfzig für jeden, bis wir unsere Verträge unterschreiben konnten. Ich stöhnte auf. Das gesamte Mobiliar in unserm Haus war nicht soviel wert, mitsamt dem Küchenherd. Mir fiel wieder der hängende Unterkiefer meines Vaters ein, als er unsere Schulden aufgezählt hatte – Miete, Licht, Milchmann, Lebensmittelladen, Kohlenhändler, Arzt, Sägemühle. Wir waren so pleite, daß sogar die armen Nonnen von St. Catherine uns das Schulgeld erlassen hatten.

Und da stand Kenny in seinem neuen Mantel und den englischen Schuhen und Pelzmütze, redete von fünfzig Dollar, als wären es fünfzig Cent, und ich brüllte los und was rauskam, war:

»Warum redet deine Schwester Dorothy

nie ein Wort mit mir? Worauf bildet die sich soviel ein? Was hab' ich ihr denn getan? Wer bin ich denn? Ein Penner, oder was? Jedesmal, wenn sie mich sieht, dreht sie sich weg. Das ist eine Beleidigung!«

Ihm stand vor Staunen der Mund offen.

»Was hat denn Dorothy damit zu tun?«

»Viel.« Ich rannte rum, trat die nassen Handtücher und knallte Türen zu. »Viel, das ist alles. Meinst du etwa nicht? Willst du ihr die Stange halten? Okay. Ich scheiß auf dich und deine dickärschige Mutter und deinen schlecht gelaunten Vater und dein großes Haus und deine Diener und deine Autos und dein Geld.«

Es war still, und ich fühlte mich mies und schämte mich und hatte Angst, weil es aus mir rausgeplatzt war wie aus einem tollwütigen Hund.

Er setzte sich hin, faltete die Hände und starrte den Fußboden an. »Verdammt.« Dann zog er sich zurück von mir, immer weiter ging er weg, und ich spuckte aus, so sehr schämte ich mich. Wie widerlich das war, was da aus mir rauskam, wie Eiter aus einer Wunde. Dorothy Parrish war immer mein Geheimnis gewesen, keiner wußte davon, und sie erfüllte mich mit so süßem Verlangen. Ein schönes Mädchen an einem Sommernachmittag, es sitzt in einem Sessel, liest ein Buch, und die Sonne spielt in ihrem Haar, ein Traum.

Zwischen uns war nichts mehr übrig. Sogar Catalina war nicht der Mühe wert. Wir waren

Fremde. Vielleicht war unsere Freundschaft vorbei, vielleicht waren wir Feinde. Als wir die Stufen hochstiegen auf die dunkle Straße, war ich mir sicher, wir hatten unser letztes Training im Elk-Club hinter uns.

Der Schnee fiel so dicht, daß man das Gerichtsgebäude auf der anderen Straßenseite nicht erkennen konnte. Autos schoben sich schneebepackt und mit abgeblendeten Scheinwerfern trübe durch den Verkehr. Wir stapften eine Straßenecke weiter zur Bushaltestelle in der Pearl Street neben dem eingeschneiten Popcornstand. Normalerweise wartete ich, bis sein Bus kam, und wir machten unsere nächste Verabredung aus.

Heute stellte er sich allein an die Mauer, weg von mir, Hände in den Taschen seines Schaffellmantels, spähte die Straße hinauf nach seinem Bus, und Schneeflocken bepuderten seinen Mantel. Endlich tauchten die weißen Augen des Busses aus dem Dämmerlicht auf. Er ging an den Straßenrand.

»Na ja. Reg dich ab, Spaghetti.«

Das machte mich fuchsteufelswild. Ich ging ihm an die Kehle.

»Sag das nie wieder zu mir!«

Ihm fielen vor Staunen fast die Augen aus dem Kopf. Ich ließ ihn los, er drehte sich um, stieg in den Bus. Der fuhr los und ließ einen öligen Gestank zurück, als er im Schnee verschwand. Ich steckte die Hände in die Taschen und stapfte die Pearl Street hoch durch diesen idiotischen

Schneesturm. Aber der Schnee hatte auch was Tröstliches. Man konnte sich in ihm verstecken, seine Sommersprossen und Segelohren und lächerliche Gestalt unsichtbar machen. Und man konnte sich, Kopf gesenkt, Augen niedergeschlagen, an den anderen Geistern vorbeitreiben lassen, seine Schuld und Wertlosigkeit im Innersten verbergend.

Kapitel Drei

Das Abendessen war fertig, der Tisch im Eßzimmer gedeckt. Wir warteten, Oma hielt am Fenster Ausschau.

»Er kommt schon noch«, meinte Mama. »Er weiß, daß es Lamm gibt.«

Sie sah beinah festlich aus, ihre Haare waren geflochten und zusammengesteckt, sie trug eine frische Kittelschürze, und ein Duft von Flieder umwehte sie – zuviel Talkumpuder.

Um sieben wußten wir, er würde nicht kommen, und wir setzten uns zu Minestrone, Lammbrust gefüllt mit Reis und Rosinen, Paprikaschoten in Knoblauch und Olivenöl und Wackelpudding.

Mama aß nichts. Sie ging raus, und wir hörten, wie sie in der Küche Töpfe und Pfannen abwusch. Jetzt waren zwei Plätze am Tisch leer, die Karaffe mit dem Wein stand neben Papas Serviette.

»Ich würd' die Polizei anrufen«, sagte Clara.

»Warum denn?«

»Um ihm einen Denkzettel zu verpassen.«

Sie war immer Mamas treue Verbündete. Sie war jetzt dreizehn; verblüffend frech und feindselig bestand sie auf einem eigenen Schlafzimmer, sie wollte nicht mehr das Vorderzimmer mit Frederick teilen und auf dem bretthaarten Ledersofa schlafen.

»In dieser dreckigen, alten Billardhalle rumhängen! Ich würde das meinem Mann nicht durchgehen lassen.«

»Sei still.« Ich dachte an Kenny, meinen besten Freund hatte ich verloren.

»Ich bin nicht still. Was weißt du denn schon? Du bist ein Mann, wie dein Vater. So ist das immer, die Männer gegen die Frauen.«

»Was kann man in Amerika anderes erwarten?« Oma keifte. »Kartenspielen und Spielhallen, Whiskey und Weiber! Schenk mir die süße Armut unseres Herrn und die guten alten Zeiten. Wenigstens waren die Städte klein, und ein Mann konnte nicht weit gehen und kam heim, wenn er Hunger hatte.«

Wir trugen unsere Teller in die Küche und machten uns an unsere Hausaufgaben, während Mama und Clara abwuschen. Mein Vater war oft nicht zu Hause, aber heute abend stimmte etwas nicht. Es lag in der Luft, die wir atmeten.

»Nich', Mama«, sagte Clara, und wir sahen von unseren Büchern auf. Unsere Mama weinte leise. Sie trocknete ihre roten Hände ab und rannte durchs Eßzimmer in ihr Schlafzimmer.

Clara machte den Abwasch fertig und brachte ihre Bücher zum Tisch. Wir fühlten uns schrecklich und konnten uns kaum konzentrieren. Wir konnten Mama nicht weinen hören, aber das ganze Haus spürte ihre Tränen, der Fußboden, über den ihre Füße gingen, die Möbel, der freundliche alte Ofen, die Töpfe und die Pfannen, das Geschirrtuch am Abwaschbecken, das noch naß war von ihren Händen.

»Geh zu deiner Mutter«, sagte Oma.

Ihr Kopf lag auf dem Kissen, sie starrte an die Decke, und ihre Augen sahen aus wie nasse Vögelchen. Ich setzte mich auf ihre Bettkante, nahm ihre kalte, schwerelose Hand und fragte sie, ob ich was tun könnte.

»Er hat gelogen«, sie war bitter. »Er hat immer gelogen. Und jetzt ist es zu spät.«

Sie setzte sich auf und putzte sich die Nase.

Unter dem Kleiderschrank standen die Arbeitsschuhe meines Vaters, seit Monaten nicht mehr getragen, schwer und mißgestaltet und kalkweiß vom Mörtel. Die Spitzen zeigten nach oben, als wären es die Schuhe eines toten Mannes.

»Ich kann's ihm nicht verdenken.« Sie schaute sich im Spiegel an. »Ich bin alt. Ich bin fertig. Mit mir war nie was los. Kein Wunder, daß ich ihn geheiratet habe! Es gab keinen anderen.«

»Du siehst gut aus, genau richtig.«

Es war das Beste, was ich sagen konnte, und es war die Wahrheit. Ich hätte sie nicht anders haben wollen.

Sie war keine Schönheit, aber sie war schön, eine Mater Dolorosa, wie die Muttergottes.

Von den Wänden starrten Heiligenbilder auf uns herab, die Madonna neben dem Bett, der Erlöser mit seinem entblößten und blutenden Herz über dem Kopfteil des Bettes, auf der Kommode ein heiliger Antonius, St. Teresa an der Wand gegenüber. Das Zimmer sah aus wie die Zelle einer Nonne, und ich fragte mich wieder einmal, wie die beiden in einem solchen Raum miteinander schlafen konnten, aber wir vier waren hier gezeugt worden, in diesem Bett.

»Er hat sich nie was aus mir gemacht.« Sie war erbittert. »Eigentlich wollte er deine Tante Flora heiraten, aber die konnte ihn nicht ausstehen. Als er ihr den Ring gab, wollte sie ihn nicht an ihrem Finger haben. Sie hat ihn ins Waschbecken geworfen und gelacht, und dann hat er ihn mir gegeben, um ihr eins auszuwischen. Und so habe ich deinen Vater geheiratet.«

»Hast du ihn nicht lieb gehabt?«

»Er hat mir leid getan, falls du das meinst.«

Ich konnte den Anblick der nach oben gebogenen, bleich leuchtenden, grotesken Schuhe unter dem Kleiderschrank nicht mehr aushalten. Ich stand auf und ließ sie polternd in den Schrank fallen.

»Er mag sie unterm Schrank.«

»Die sind mir unheimlich.«

»So haben wir geheiratet, und er hat von unserem wunderschönen Haus in Roper erzählt. Mein eigenes Haus!« Sie erinnerte sich und lächelte. »Du weißt nicht, was das für eine Frau bedeutet. Im Wald, hat er gesagt, an einem kleinen Fluß, ein Ort, um Kinder großzuziehen. Wir nahmen in Denver den Zug, und er sagte, er hätte die Fahrkarten verloren, und der Kontrolleur wartete und wartete, und dann hat er gesagt, er hätte auch seine Brieftasche verloren. Er hat mir so leid getan, er hatte diesen komischen italienischen Akzent, und der Kontrolleur verstand kein Wort, und schließlich habe ich die Karten bezahlt. Jemand hat mich bestohlen, hat er gesagt. Jemand hat mir neunhundert Dollar gestohlen. Der arme Mann. Er hat mich ohne einen Penny geheiratet, noch nicht mal einen Dollar für den Priester hat er gehabt.«

Sie schaute immer wieder auf die leere Stelle, wo vorher die Schuhe gestanden hatten, schließlich rutschte sie vom Bett, ging zum Schrank, holte die gespenstischen Schuhe raus und stellte sie wieder an ihren alten Platz. Im Spiegel betrachtete sie ihre unordentlichen Haare, fing an, Haarnadeln herauszuziehen, steckte sie in den Mund und redete gleichzeitig weiter.

»Und dann habe ich mein Haus gesehen, mein wunderschönes Haus im Wald.« Ihre Augen schweiften durchs Schlafzimmer, und sie lächelte ironisch. »Du findest dieses Haus kalt und runtergekommen? Du hättest das am Roper Creek sehen sollen! Eine Hütte neben der alten Müllkippe. Aus vergammeltem Holz gebaut und mit einem Dach aus Blech. Kein Wasser. Kein Abfluß. Kein Klo. Wir mußten in den Wald gehen. Und die Möbel – Kartons zum Sitzen, eine Matratze als Bett, eine Öltrommel als Herd. Oh Gott, wieviel er mir vorgelogen hat!«

Ihr Haar fiel ihr über die Schultern, und sie fuhr sich mit den Fingern hindurch und weinte. »Dann kam die alte Frau von der Nachbarhütte rüber und klopfte an die Tür und wollte ihre Möbel wiederhaben. Er hatte sich alles ausgeliehen – die Kartons, die Matratze, und ich habe ihr beim Tragen geholfen, und es blieb nichts übrig, nur der Erdboden.«

Ich dachte mir, wie schrecklich das für sie gewesen sein mußte, aber mein Vater tat mir auch leid. Sie war nur das Opfer; er war beides, Opfer und Verräter.

»Armer Kerl«, sagte ich.

»Er hat mich angelogen«, fuhr sie auf.

»Er war arm, er saß in der Falle.«

»Er war ein Lügner.«

»Er war stolz, darum hat er gelogen.«

»Wie kann ein Lügner Stolz haben?« Sie ging ans Fenster, an dem Eisblumen blühten. Fröstelnd hielt sie sich die Ellbogen und wandte sich ab. »Ich werf' deinem Vater nichts mehr vor. Ich bin selbst schuld. Wenn du dich auf die Lügen eines Mannes einläßt, bist du genauso schlecht wie er. Du bist ein Lügner und er auch.«

Auf der Straße hupte jemand. Als ich an die Eingangstür kam, standen Clara und meine Brüder schon da und bestaunten eine graue Limousine, die am Rinnstein stand. Das mußte Kenny mit dem Auto seines Vaters sein.

»Meine Güte, ein nagelneuer LaSalle! Guck dir diese lange, schnieke Haube an!« In Hemdsärmeln raste ich raus. Kenny saß am Steuer und neben ihm die unfaßbare, schöne Dorothy. Sie trug einen Nerzmantel und um den Hals einen weißen Schal, ihre honigfarbenen Haare steckten im hohen Kragen. Sie lächelte, schaute mir tatsächlich ins Gesicht, und zum erstenmal trafen sich unsere Augen. Ich schwebte, spürte, wie ich abhob, und mußte mich, perplex und sprachlos, am Auto festhalten.

»Hey«, sie lächelte.

Das war sprachgewaltiger als Tennyson. Mein Gott, hörte sich das wunderbar an. Wie bewegend, meine Güte, wie hinreißend! Wie klug sie war!

»Hallo«, antwortete ich, machte mir aber sofort Sorgen, ich hätte zuviel geredet, eine lange Ansprache gehalten, sie vielleicht gelangweilt. Kenny beobachtete mich. Er lachte.

»Hol' deinen Mantel, Dom.«

»Klar! Weshalb?«

»Ein Film mit Ginger Rogers im Apollo. Sie will ihn sich anschauen.«

Geschah das wirklich? Oder bildete ich mir das alles nur ein? War ich übergeschnappt, durchgedreht, auf die Straße gelaufen und hatte mir das ausgedacht? Ich starrte in das strahlende Gesicht vor meinen Augen, die weit auseinanderstehenden grauen Augen, den atemberaubenden Mund, aus dem reizende, weiße Atemwolken quollen.

»Bitte, komm mit«, sagte der Mund.

Schön. Besser als Shakespeare. Ich ging fast zu Boden. Ihr Parfum drang aus dem Auto und umgab mich wie eine rosa Wolke, ich stolperte zurück ins Haus, gurgelnd vor Hingabe, meine Füße berührten kaum den Boden, ich war ein Zephyr, vorwärtsgetrieben von dem Motor meines Herzschlags.

»Wer sind die? Was wollen die hier?» wollte Oma wissen.

»Das ist Kenny«, ich drückte mich schnell an ihnen vorbei.

»Der tollste Schlitten, den es heututage gibt.«

»Sieht aus wie ein Leichenwagen«, kommentierte Bettina. Wohin wollen die mit dir? Auf den Friedhof?«

Ich schob sie ins Haus und machte die Tür zu.

»Ihr Tiere.«

Während ich ein neues Hemd anzog, brachte Augie mir seinen Wintermantel, sein allerbestes Stück. Ich versuchte, mir vor dem Spiegel die Haare zu kämmen, zitterte aber so sehr, daß ich keinen geraden Scheitel ziehen konnte; ich konnte mir einfach nicht vorstellen, ihr so nah zu sein, dieselbe Sitzbank im Auto mit ihr zu teilen, und ein betäubendes Gefühl der Vergeblichkeit überwältigte mich. Ich saß auf der Bettkante, meine Hände baumelten zwischen meinen Knien, und ich fühlte, wie ich mich in einen Ochsen oder ein anderes dickes vierbeiniges Tier verwandelte.

Meine Ohren wurden immer größer, und auf meinem Gesicht wuchs mir ein Pelz. Was sollte das alles? Egal, was der Abend versprach, ich wußte, ich würde alles vermasseln. Was könnte ich sagen, wenn ihre kühlen, grauen Augen mich prüfend anschauten? Was, wenn sie mich küßte? Ich würde tot umfallen.

Auf der Straße trompetete die Hupe des LaSalle.

Frederick kam ins Zimmer gerast.

»Mach schnell! Sie warten!«

»Mir geht's nicht gut.«

Augie schüttelte mich und stellte mich auf die Beine. Er nahm die Flasche Sloan's von der Kommode und zog den Korken raus.

»Nimm das.«

»Dann stinke ich.«

»Inhalier's nur, bis du wieder zu dir kommst.«

Er schob mir die Flasche unter die Nase, und ich atmete tief ein bis runter zu meinen Knien. Es half. Meine Knochen wurden wieder härter, meine Muskeln spannten sich, und der stechende Geruch umhüllte mich wie eine rote Flamme, bis ich wieder aufrecht und mutig dastand. Die Tränen liefen mir übers Gesicht, und das Liniment kräuselte die Haare in meinen Nasenlöchern.

Dann wußte ich wieder, wer ich war – kein dummer, kleiner Niemand, sondern Der Arm, der Du-kannst-es-Mann, der Es-muß-sein-Mann, der Ich-schaff-es-Mann, nicht der He-Kleiner-Mann, sondern der Mann der schnellen Bälle, der Retter in der Not, der Mann für die Ruhmeshalle.

Augie hielt mir den Mantel hin, und ich, wieder Herr der Lage, zog ihn an. Dann schlenderte ich durchs Vorderzimmer, vorbei an der Gruppe in der Eingangstür und zum wartenden Wagen. Die Tür öffnete sich, und ich schlüpfte auf den Sitz neben den Traum. Ken startete. Das Eis knirschte, als der Wagen auf die Straße rollte.

Das Wunder. All die sehnsüchtigen Stunden, die ziellosen, unmöglichen Träumereien, und plötzlich saß sie neben mir, golden und heilig. Im Auto war es warm und gemütlich, und ich genoß jubelnd ihr berauschendes Parfüm. Sie bewegte sich ein wenig, die zufällige Freude ihres Knies an meinem. Wie ein Kuß. Was als nächstes passieren würde, war jenseits meiner Vorstellungskraft, unfaßbar. Vielleicht wollte sie sogar mit mir reden.

Der Schnee türmte sich auf dem gefrorenen Pflaster, und Ken fuhr vorsichtig und langsam. Die Ulmen entlang der Arapahoe Street waren überzuckert von Schnee. Die Straßenlampen gaben dem Schnee eine glitzernde Wärme, die weißen Berge waren sinnlich wie Brotlaibe. Keine Menschenseele war auf der Straße, und nur selten kam ein Auto wie im Zeitlupentempo vorbeigeschwebt.

Wir bogen von der Arapahoe ab und fuhren nach Norden die zwölfte Straße Richtung Innenstadt. Sie hatte kein Wort gesprochen und spähte scheinbar zufrieden auf die Straße vor uns. Sie zündete sich eine Zigarette an, und aus der geheimnisvollen Wärme ihres Mundes kräuselte sich eine träge, bezaubernde Rauchwolke. Ihr Rauch. Anders. Überwältigend.

Kenny redete mit ihr: »Denk dran, du hast versprochen, dich zu benehmen.« Zu mir sagte er: »Ich hab' ihr erzählt, was du heute nachmittag gesagt hast.«

Der Blödmann. Ich wurde verlegen. Es war mir peinlich.

»Du redest zuviel.«

Ihre Hand griff nach meiner.

»Finde ich auch«, sagte sie.

Ich spürte die sanfte Wärme ihres Glacéhandschuhs auf meiner Hand. »Es tut mir leid, wenn ich unhöflich war«, fuhr sie fort, »aber ihr beide, Ken und du, ihr redet immer nur über Baseball.«

»Magst du Baseball nicht?«

»Ich kann ohne leben.«

»Was magst du denn?«

»Tennis, Skilaufen, Bücher. Ich liebe James Joyce.«

»Meinst du Jim Joyce, *Short Stop* bei den St. Louis Browns?«

»Meine Güte!«

Sie atmete aus und drückte ungeduldig ihre Zigarette aus. Kenny grinste.

»Sie meint Joyce, den Schriftsteller.«

Ich und mein großes Maul. Ich hatte noch nie von ihm gehört. Sie saß sehr aufrecht, verschränkte die Arme und schaute starr geradeaus.

»Ach der!« Ich versuchte, meine Unwissenheit zu überspielen, aber es war zwecklos, und ich wußte, sie hielt mich für dämlich. Ich schaute ihr ins Gesicht. Ihr Kinn war hart und die Zähne zusammengebissen. Am liebsten wäre ich aus dem Auto gesprungen und hätte mich unter die Räder geworfen. Sie sprach kein einziges Wort mehr.

»Weißt du jetzt, was du verpaßt hast?« Das war Ken.

»Eine absolute, einwandfreie Zicke.«

Er parkte am Bordstein gegenüber vom Apollo. Ich stieg schnell aus, flüchtete fast, dann fiel mir ein, ich sollte ihr meine Hand anbieten und beim Aussteigen helfen, aber sie ignorierte mich und schwebte an mir vorbei, wickelte ihren Pelz um sich und ging schnell zum Kino. Ken folgte ihr.

Ich stand da, mein Blut eiskalt, mir war übel, und ich konnte mich nicht von der Stelle bewegen. Der schmiedeeiserne Zaun um das Gericht war nicht weit, und dahinter türmten sich Berge von schneebeladenen Fliederbüschen. Ich sollte über den Zaun springen und geradeaus bis nach Wyoming laufen. Ich war im falschen Land, mit dem falschen Mädchen, sie machte mir Angst, ich konnte in ihrer Nähe nicht atmen. Aber es gab noch einen anderen Ausweg. Ich konnte runter zu den Bahngleisen rennen und mich vor den Acht-Uhr-Zug nach Greeley werfen, mich an den Kuhfänger schmeißen, eingedrückter Brustkorb, gespaltener Schädel, alles voller Blut, Jugendlicher aus Roper begeht Selbstmord, Eltern identifizieren Körper des Dominic Molise, eines bekannten Sportlers.

»He, komm schon.«

Ken stand winkend vor dem Kino. Ich ging über die Straße. Dorothy klopfte sich unter dem Vordach den Schnee von den Schuhen. Ich hatte natürlich kein Geld, und Ken bezahlte die Karten. Sie warf mir, kalt wie ein Gletscher, einen flüchtigen Blick zu, und wir gingen hinein.

Das Kino war fast leer, vielleicht zwanzig Leute saßen drin. Die Wochenschau zeigte den ehemaligen Präsidenten Hoover beim Golfspielen. Ein paar Zuschauer buhten. Wir saßen in den hinteren Logen, wo man rauchen durfte, Dorothy zwischen uns. Sie schlug ihren Mantel zurück, und ich wollte ihr dabei helfen, aber sie machte es selbst, brüsk, von mir wollte sie keine Hilfe. Ein betäubender Duft füllte die Luft, er kam aus ihrem geöffneten Mantel. Ich sog ihn ein und seufzte tief. Sie schob sich eine Zigarette zwischen die Lippen und wartete, daß einer von uns ihr Feuer gab. Wie ein Verrückter durchwühlte ich meine Taschen und hatte immer noch kein Feuer gefunden, als Ken ihre Camel schon angesteckt hatte. Sie nahm einen tiefen Zug, lehnte sich zurück und wartete auf das Ende der Wochenschau.

Dann wurde der erste der beiden Filme angekündigt. Es war Tom Mix in »The Man From Nogales«.

»Oh Scheiße«, sie wußte, daß sie das jetzt über sich ergehen lassen mußte, wenn sie Ginger Rogers in »Dancing Daughters« sehen wollte.

Der Western ging ihr vom ersten Bild von Tom Mix und Tony auf die Nerven. Zehn Minuten lang rutschte sie ungeduldig hin und her, schlug das eine Bein über das andere und zurück, während auf der Leinwand die Schießerei tobte.

Plötzlich sagte sie »das halt' ich nicht aus«, nahm ihren Mantel und trat auf den Gang. Ich drehte mich verdutzt um und sah, wie sie das Kino verließ.

»Was is' los?«

Ken rutschte tiefer in seinen Sessel.

»Sie kann Cowboyfilme nicht ausstehen.«

»Vielleicht sollten wir besser auch gehen?«

»Ohne mich! Ich liebe Tom Mix.«

Ich stand auf und rannte den Gang hinunter. Als ich auf die Straße kam, rutschte sie gerade hinter das Lenkrad des LaSalle. Ich rief sie, und sie sah mich und startete den Motor. Ich rannte über die Straße, als sich das Auto auf dem knirschenden Schnee in Bewegung setzte.

»Warte.«

Das Auto stoppte, und die jetzt fast feierlichen grauen Augen schauten mich an.

»Was ist los?«

»Geh nicht weg. Bleib hier.«

Sie zuckte die Schultern.

»Das ist so kindisch, diese Ballerei.«

Der Abendwind spielte mit ihrem Haar und ließ ihren weißen Schal gegen ihre schwarzen Handschuhe flattern. Ihr Atem stand in der kalten Luft wie eine Blume. Ich hätte bis in alle Ewigkeit hinsehen können.

»Es ist so kalt, warum gehst du nicht zurück zu Ken und genießt das Kino?«

Aber ich konnte sie nicht verlassen. Vielleicht würde ich nie wieder mit ihr allein sein. Ein Mann bekommt so selten eine Chance bei einem Mädchen wie diesem.

»Ich muß mit dir reden. Es ist sehr wichtig.«

»Ein andermal.«

»Ich bin verzweifelt, Dorothy. Hilf' mir. Ich brauch' deinen Rat. Ich brauch' ihn dringend.«

Ihre Augenbrauen gingen in die Höhe.

»Verzweifelt?« Sie war belustigt. »Wie könnte ich dir raten?«

»Ich weiß, daß du es kannst.«

»Aber wie, um Himmels Willen?«

»Einfach nur zuhören. Psychologie ist doch dein Hauptfach, oder?«

Sie überlegte gründlich.

»Steig ein«, sagte sie ohne jede Begeisterung.

Ich rannte auf die andere Seite und setzte mich neben sie. Sie schaltete, und das Auto kroch auf die Straße. Endlich waren wir allein, Dorothy Parrish und Dominic Molise. Es war der Höhepunkt meines Lebens.

Sie fuhr langsam und schweigend, als wollte sie mir Zeit geben, meine Gedanken zu sammeln. Ich wußte, ich mußte gut sein, und kramte in meinem Kopf herum, suchte nach etwas, was es wert war. Dann fiel es mir ein: die Vision von der Jungfrau neben meinem Bett.

Wir fuhren die Pearl Street hinauf. Die Ladenfenster waren erleuchtet, aber die Straße lag verlassen. Im Westen saß eine Kumuluswolke wie ein Schwan auf dem Flagstaff Mountain. Sie bog in die Walnut ein, und wir fuhren am ›Onyx‹ mit seinen grellen Neonlichtern vorbei. In der Bar drängten sich die Leute und Juke-Box-Musik schallte auf die Straße.

»Na, junger Mann, was ist dein Problem?«

»Ein Traum, den ich hatte. Er macht mir Angst.«

Ihre Augen schauten mich an, und sie sahen beunruhigt und unsicher aus.

»Vielleicht bin ich nicht der richtige Gesprächspartner für so etwas. Träume sind so intim. Solltest du nicht besser mit einem Psychiater sprechen?«

»Er ist nicht so schlimm. Ich meine, er ist nicht sündig oder sowas.«

»Bist du sicher?«

»Natürlich bin ich sicher. Die Jungfrau Maria kommt drin vor.«

»Von der verstehe ich nichts. Warum redest du nicht mit dem Priester?«

Ich erzählte ihr von der geheimnisvollen Erscheinung und wie ich Augie geweckt hatte, der nichts sehen konnte.

Während ich redete, durchquerten wir die Stadt, fuhren zum Picknickgelände, zum Chautauqua, rund um das Junior College. Im Auto war es sehr warm durch die summende Heizung unter dem Armaturenbrett.

Als sie ihre Arme aus dem Pelzmantel zog, half ich ihr, und sie dankte mir. Der Mantel glitt herunter, ein Nest aus Nerz mit goldener Seide gefüttert. Darunter kam ein weißer Rollkragenpullover zum Vorschein und ein grüner Wollrock und runde, glatte Knie.

Sogar während ich sprach, traute ich mich nicht, sie zu genau anzuschauen. Jedes Detail löste eine kleine Explosion in mir aus – die Linie ihres Ellbogens, die gemeißelte Perfektion ihrer Nasenflügel, die schwere Schwüle ihrer Haare, die juwelengeschmückte Vollkommenheit ihrer Armbanduhr, die Lippenstiftspur an ihrer Zigarette, die Kuhle ihres Bauches, ihr geschmeidiger Schoß,

ihre übermütigen Brüste, die prall und fröhlich vor ihr her segelten.
Die Erscheinung verblüffte und faszinierte sie, aber sie bestand darauf, daß sie nur ein Traum sei. Die köstlichen Worte quollen aus ihrem Mund wie Tröpfchen von Musik, und ich verstaute jede Silbe sorgfältig im Speicher meines Kopfes, schwor mir, sie bis in alle Ewigkeit nicht zu vergessen. Wie wunderschön Roper jetzt war! Wie nah die lieblichen Berge! Wie bezaubernd die Straßen waren, wie liebevoll die Menschen an stillen Kaminen! Was für ein Glück war es, zu leben, wie aufregend die Zukunft!

Das alles, das Unglaubliche daran, die Vollkommenheit des Augenblicks, rumorte in meinem Bauch und den Oberschenkeln, dröhnte wie eine straff gespannte Trommel; eine köstliche Qual durchströmte mich, und ich wand mich unter ihrer Kraft.

Sie habe selbst Träume studiert, erzählte sie und hatte keine Ahnung, was in mir vorging. »Ein Traum ist wie ein Baseball, man muß die Pferdehaut abmachen und alle Fäden auftrennen, bevor man an den Kern kommt.«

»Das ist gut. Laß uns das machen. Laß uns alles aufdröseln.«

»Das braucht Zeit«, sie warf mir einen Blick zu und lächelte. »Macht dir das was aus?«

»Oh nein. Laß dir Zeit soviel du willst. Du hast mir sehr geholfen. Ich weiß nicht, wie ich dir danken soll. Ich lerne Dinge, von denen ich noch nie vorher gehört habe. Du machst alles so verständlich.«

Das gefiel ihr.

»Wie wäre es mit einer Tasse Kaffee?«

»Die hält mich wach«, ich wußte, ich hatte keinen Penny.

»Wenn wir das diskutieren wollen, mußt du wach bleiben. Wir könnten bei uns zu Hause Kaffee trinken.«

»Gute Idee.«

Wir waren ganz im Süden der Stadt und umkurvten den Musikpavillon auf dem Vergnügungsgelände. Sie wendete, und wir fuhren zurück ins Stadtzentrum. Das Trommelfell in meinen Lenden spannte sich fester, Schmerzwellen zogen durch meinen Rücken und die Beine hinunter. Ich hatte einen Ständer wie eine bebende Speerspitze, ein ernstes Problem, und ich war mir darüber klar. Sowie wir bei ihr zu Hause ankamen und sie mich im Licht stehen sah, würde unser Gespräch schlagartig beendet sein.

Ich fragte: »Würde es dir was ausmachen, kurz am Elk anzuhalten. Ich habe unten im Trainingsraum ein Buch vergessen.«

»Überhaupt nicht.«

Wir waren wieder in der Innenstadt.

»Wie alt bist du?« wollte sie wissen.

»Alt genug. Das Alter ist unwichtig.«

»Siebzehn ist wichtig. Du bist siebzehn, oder?«

»Fast achtzehn.«

Sie fuhr an den Straßenrand vor dem Elk Club.

»Da wir gerade davon sprechen, wie alt bist du?«

»Dreiundzwanzig.«

»Das ist nicht zu alt.«

»Zu alt für was?«

»Ich meine, du bist keine alte Frau.«

Sie lächelte. »Zu alt für dich.«

Ich sagte nichts, aber ich war nicht ihrer Meinung. Sie hätte siebzig sein können, und es wäre nicht wichtig gewesen. Wenn sie achtzig wäre, würde ich vierundsiebzig sein, und wenn sie hundert würde, wäre ich vierundneunzig, also war der Altersunterschied verdammtnochmal egal.

Ich stieg aus dem Auto, meine Lenden schrien Hilfe Mord als ich aufrecht stand, und mir platzte fast die Hose. Aber der Wintermantel meines Bruders hielt mich bis an die Knie bedeckt, während ich, ohne eine Miene zu verziehen, die verschneiten Stufen zum Trainingskeller runterstieg.

Im Keller war es dunkel und durch die Heizungsrohre an der Decke sehr warm. Ich ging an meinen Spind, zog die Hosen aus und stieg in ein Suspensorium. Dann schlüpfte ich wieder in meine Hosen und stellte mich vor den Spiegel. Das Ding tat gute Dienste und versteckte alle Peinlichkeiten. Diese Technik war nicht neu. Viele Leute benutzten sie.

Als ich zum Auto zurückkam, sah sie, daß ich leere Hände hatte. »Konnt's nicht finden.«

Wir fuhren zum Haus der Parrish, und sie brachte das Auto in die Garage neben den Buick ihrer Mutter. Ich trug ihren Mantel und folgte ihr die Stufen des Dienstboteneingangs hoch. Sie öffnete die Tür und knipste das Licht an. Wir waren in der Küche. Ein großer Raum. Der Herd und der Kühlschrank waren weiß emailliert, Kupferpfannen und -töpfe hingen von den niedrigen Balken herab, auf dem Fußboden lagen glänzendrote Kacheln. Die Eßecke bestand aus einem großen Eichentisch, umgeben von Kapitänsstühlen. Mitten auf dem Tisch stand eine Schale mit Äpfeln und Orangen.

Sie nahm mir den Pelz ab, warf ihn über einen Stuhl und meinte, ich sollte es mir gemütlich machen. Ich zog den Mantel aus, setzte mich hin und schaute ihr zu, wie sie über den schimmernden Fußboden hin und her ging und den Kaffee zubereitete.

»Am besten fangen wir wohl am Anfang an. Erzähl mir nochmal, was passiert ist.«

Ich redete und verschlang sie mit den Augen. Ihr hübscher kleiner Po unter dem grünen Rock war fest wie ein Handball. Wie graziös sie war! Sie machte aus dem Kaffeeaufbrühen ein Ballett! Ich hatte nie geahnt, daß das Öffnen eines Geschirrschrankes soviel Schönheit ausstrahlen konnte. Als sie das Sahnekännchen zum Tisch brachte und abstellte, stieg der Druck in meinem Suspensorium wie eine Zeitbombe.

»Hast du Hunger?« wollte sie wissen.

»Ich könnte schon was vertragen.«

»Wie wär's mit Rühreiern?«

»Gute Idee. Kann ich was helfen?«

»Wenn du magst.«

Ich warf einen Blick auf meine Hände. Wasser und Seife konnte ihnen nicht schaden. Sie deutete auf eine Tür. »Zum Badezimmer geht's dort lang.«

Die Tür führte in eine Waschküche, das Badezimmer lag am anderen Ende. Ich wusch mir die Hände, trocknete sie ab und wollte in die Küche zurückgehen. Eine Wäscheleine, die durch die Waschküche gespannt war, fiel mir ins Auge. An ihr hingen ein Dutzend Schlüpfer wie eine Gruppe lachender Mädchen. Einige waren blau, einige rosa, ein paar waren weiß und einige golden. Für Mrs. Parrish waren sie zu wunderschön winzig. Sie konnten niemand anderen schmücken als die Freude meines Lebens, es waren die heiligen, seidigen Schlüpfer meiner Geliebten! Heiligemuttergottes, das war ja wie Weihnachten heute abend! Ich ging die Wäscheleine entlang und ließ mir von jedem Slip das Gesicht streicheln. Sie glitten über meine Nasenflügel; sie liebkosten meine Haare. Es waren zwölf Stück. So viele, und keiner davon gehörte mir, nicht ein einziger, den ich zur Erinnerung und als Trophäe mit nach Hause nehmen konnte. Das goldene Höschen winkte mir zu. Es hatte schwarze Pailletten an den Kanten. Es war federleicht, zauberhaft wie eine Golddrossel. Eins für mich, elf für Dorothy; das war nur fair. Ich machte die Wäscheklammern ab und schob es unter mein Hemd. Dort fühlte ich es, dicht an mich gekuschelt, glücklich atmen.

Dann ging ich zurück in die Küche. Dorothy stand an der Anrichte, schlug Eier auf und verrührte sie in einer Schüssel. Allein der Anblick der ovalen Formen, die unter ihren weißen Fingern aufbrachen und mit einem goldenen Plop ausliefen, löste viele kleine Explosionen in mir aus. Meine Wadenmuskeln bebten, als sie sie mit einer Gabel verrührte und die Eier so goldgelb wurden wie ihre Haare. Sie goß ein wenig Sahne in die Mischung, und die seidige Drehung der sich auflösenden Sahne ließ mich taumeln. Ich wollte sagen: »Dorothy Parrish, ich liebe dich«, wollte sie in meine Arme schließen, die Schale mit den verrührten Eiern hoch über unsere Köpfe heben und über unseren Leibern ausgießen, beschmiert über die roten Kacheln mit ihr gleiten, mich mit ihr winden und krümmen im Gelb der Liebe.

Ich toastete das Brot, und sie bestrich es mit Butter, während wir über ewige Dinge redeten wie das Wetter, Filme und die Tatsache, daß jeder erkältet war. Wir setzten uns an den runden Tisch und aßen Rührei und Toast und tranken Kaffee.

Sie aß heißhungrig, aufregend, und ich beneidete jeden Bissen, der über ihre Lippen kam. Ich lauschte ihren Zähnen, die sich in den Toast gruben. Ich hörte ein Gluckern, als sie einen Schluck Kaffee trank, und ich glaubte, ein bezauberndes Gurgeln irgendwo in ihrem Darm zu hören, ein helles Winseln, ein Klang reiner Musik.

Sie kam mit der Erscheinung nicht weiter, und ich wußte, sie versuchte Elemente darin zu entdecken, die nicht vorhanden waren. Sie gab auch ein bißchen an, mit Worten wie Libido und das Es.

Als ihr meine Fingernägel ins Auge fielen, griff sie meine Hand und betrachtete die kurzen Nägel genau.

»Seit wann kaust du Fingernägel?«

»Schon immer.«

»Mach Dir deswegen keine Sorgen. Die neue Theorie übers Nägelkauen sieht darin nur eine harmlose Spannungsabfuhr. Ich stimme da Voellert zu. Es ist vermutlich gut für dich.«

»Oh, das ist gut. Ich habe mir seit Jahren deswegen Gedanken gemacht. Jetzt geht's mir schon viel besser.«

Das gefiel ihr. »Also, dann laß uns mal der Sache auf den Grund gehen. Dein Vater. Wie kommst du mit ihm zurecht?«

»Okay. Es geht so.«

»Höre ich da Feindseligkeit?«

»Wir haben unsere Meinungsverschiedenheiten.«

Sie lächelte zuversichtlich. »Das dachte ich mir. In Wirklichkeit haßt du ihn, oder?«

»Er tut mir leid.«

»Mitleid?«

»Er hat keine Arbeit und muß eine große

Familie ernähren. Wie soll er mir da nicht leid tun?«

Sie steckte sich eine Zigarette an und bohrte nach. »Weißt du, Mitleid ist eine Form von Überlegenheitsgefühl. Ich denke, du genießt es, ihn leiden zu sehen.«

»Das glaube ich nicht.«

Sie machte eifrig weiter.

»Du haßt deinen Vater, weil du es ihm übel nimmst, daß er deiner Mutter soviel Beachtung schenkt.«

»Das Problem ist, er beachtet sie überhaupt nicht.«

»Problem?« Sie stürzte sich darauf. »Du sagst, das Problem. Warum?«

»Meine Mutter ist eine einfache Frau. Ich glaube, er hat sie satt.«

»Jetzt ist mir alles klar.« Sie triumphierte. »Das war nicht die heilige Jungfrau. Das war deine Mutter!«

»Kann sie nicht gewesen sein. Meine Mutter hat dunkle Haare, und die Jungfrau war viel jünger.«

»Begreifst du nicht? Die Jungfrau war die Frau, die du gern als Mutter hättest!«

Ihre Augen waren groß und strahlend. Ich konnte mich in ihren Pupillen sehen, konvex, mein Gesicht, meine Augen, die Obstschale.

»Ich bin so froh«, sie seufzte. »Ich helfe dir. Ich habe richtig das Gefühl, ich kann etwas beitragen.« Sie legte ihre Hand auf meine. »Wie ist dein Bruder? Was für Gefühle verbindest du mit ihm? Streitet ihr euch oft?«

»Sehr oft.«

»Worüber?«

»Über alles.«

Aufgeregt sprang sie auf und lief hin und her. »Das ist interessant! Sehr interessant!« Ihre goldenen Haare tanzten, als sie sich umdrehte und mich anschaute, sie breitete die Arme aus, und ihr Busen sprang mich an:

»Ich hab's! Geschwisterrivalität!«

Sie stürzte sich auf mich und legt ihre Hände auf meine Schultern, ihre feuchten Lippen sprudelten über vor Begeisterung.

»Du bist eifersüchtig auf deinen Bruder, weil deine Mutter ihn mehr liebt als dich! Das stimmt doch, oder?«

»Nee.«

Sie murrte. »Du arbeitest nicht mit. Du mußt ehrlich sein, sonst verschwenden wir nur Zeit.«

»Ich versuche es ja.«

Sie rüttelte mich.

»Denk nach, Dominic. Geh zurück zu deiner frühen Kindheit. Weit zurück bis zu deinen frühesten Erinnerungen. Wie war deine Sauberkeitserziehung?«

»Jetzt bist du auf der falschen Fährte.«

»Wirklich?«, sie glühte vor Sicherheit. »Erinner' dich. War sie ein Problem?«

Ich konnte nur an jetzt denken, den Augenblick, daß ich bei ihr war, nicht an die Zeiten von Töpfchen und ins Bett pinkeln vor Ewigkeiten. »Ich erinner' mich nicht.«

»Das überrascht mich nicht. ein Fall adoleszenter Amnesie: ein unterbewußter Zwang, unangenehme Fakten zu verdrängen. Das geht uns allen so. Noch etwas Kaffee?«

Wie eine goldene Schlange glitt sie zum Herd, und ich starrte und gierte und fühlte, wie ein Dämon in mir wuchs, ein aufbrausender Drang, nichts gewagt heißt nichts gewonnen, jetzt oder nie, tu es oder stirb.

»Ich liebe dich.«

Sie stellte die Kaffeekanne ab und drehte sich nachdenklich um, amüsiert und nicht amüsiert, etwas ungläubig.

»Sei nicht dumm.« Sie lächelte.

»Ich liebe dich.«

Jetzt oder nie. Ich stand auf, spürte keine Füße und fühlte mich zu ihr gezogen, fiel vor ihr auf die Knie, meine Arme um ihre Hüften, mein Gesicht in der Tiefe ihres Rockes, und der Dämon hatte mich völlig in seiner Gewalt.

»Ich liebe dich! Ich liebe dich!«

»Hör auf!«

Sie wandt sich und strampelte, wollte sich befreien.

»Laß mich los, du Idiot!«

Aber der Dämon verlieh mir Kraft, und ich drückte Küsse auf ihren Bauch und ihre Schenkel, während sie versuchte, sich loszureißen.

Dann rutschten ihr auf den glänzenden Kacheln die Füße weg, und sie fiel über mich, und ich bombardierte sie hingerissen mit Küssen, mir fiel die Litanei der heiligen Jungfrau ein, wir rollten über den Fußboden, ich küßte hier ihr Knie, dort ihren Nacken, ihr Bein, ihren Ellbogen, alles in Reichweite meiner Lippen und deklamierte: »Mystische Rose! Ort der Weisheit! Quell der Freude! Gefäß der Gnade! Feste Davids! Turm aus Elfenbein! Zuflucht der Sünder! Licht der Verheißung! Pforte des Himmels! Morgenstern! Tröster der Beladenen! Stütze der Christenheit! Lamm Gottes!«

Sich windend und zerrend schleppte sie mich mit sich über den glänzenden Fußboden, hin und her, ihre Schuhe gingen verloren, sie hämmerte mit beiden Händen wild auf mich ein, kam auf die Füße, riß mir büschelweise Haare aus und konnte sich schließlich losreißen. Einen Augenblick lang schnappten wir beide schweigend nach Luft, atmeten tief durch, sie an den Kühlschrank gelehnt, ich lag auf dem Bauch.

Endlich sagte sie: »Würdest du jetzt bitte gehen?«

Sie steckte ihre Bluse in den Rockbund, strich den Rock glatt und stieg in ihre Schuhe. Ich stand auf, fing an, meinen Hemdenzipfel in die Hose zu stecken, und da lag es mir zu Füßen – ihr goldenes Unterhöschen mit den schwarzen Pailletten! Ich hob es auf. Ich war jenseits aller Scham. Ich hielt es einfach in der Hand, erschöpft und japsend.

»Mein neuer Slip!«

»Kann ich ihn behalten?«

»Nein!«

»Bitte!«

»Natürlich nicht!« Sie riß ihn mir aus der Hand. »Was für ein schrecklicher Kerl du bist!«

»Ich liebe dich«, sagte ich mit ausgebreiteten Armen.

»Wag es nicht!«

Ich starrte auf ihren langen Hals, ihr goldenes Haar, sie stand so wunderbar da in ihren Schuhen, und ich fing an zu weinen, weil Dorothy Parrish niemals mir gehören würde; niemand, der aus Torricella Peligna kam, würde jemals ein Mädchen wie Dorothy Parrish besitzen, nicht in tausend Jahren, nicht, solange noch ein anderer Mann auf dieser Welt existierte.

»Es ist wahr«, schluchzte ich. »Ich liebe dich. Ich kann nichts dagegen tun.«

»Bitte«, sagte sie leise.

Sie ging zur Hintertür und öffnete sie, und ich hob meinen Wintermantel auf und ging an ihr vorbei zum Dienstboteneingang hinaus.

»Gute Nacht«, sagte sie.

»Das wird dir leid tun«, ich zog meinen Mantel an. »Eines Tages bin ich berühmt, und du wirst es bereuen.«

Sie schloß die Tür und das Schloß klickte. Ich ging die Auffahrt hinunter auf die Straße.

Kapitel Vier

Zwei Querstraßen unterhalb der College Avenue rannte mir Kenny über den Weg, der aus dem Kino kam »Hey, Verliebter.«

»Was bist du reizend.«

»Du hast'ne tolle Show verpaßt. Beide Filme. Ginger Rogers – was ein Körper.«

»Ich muß dir was sagen über mich und deine Schwester.«

»Sag bloß, du hast sie rumgekriegt.« Er machte sich lustig über mich.

»Ich hab' sie geküßt, das ist alles.«

»War's so schlimm? Du siehst aus wie ein Flüchtling vor dem Gesetz.«

»Mir hat's gefallen, ihr nicht.«

»Sie is' zu alt für dich. Nicht dein Typ.«

»Was ist mein Typ, Master Anthony?«

»Die Richtige kommt, wenn du erst mal berühmt bist. Irgendwann ist sie da. Vielleicht ein Filmstar wie Ginger Rogers, das ist jetzt unwichtig. Du mußt an den Arm denken, Dom. Nichts ist wichtig, nur der Arm.«

»Der Arm macht sich keine Sorgen«, ich streckte ihn aus »Der Arm weiß, was wichtig ist.«

»Weiß er, daß Werfen und Frauen nicht zusammenpaßt?«

»Er ist sich da nicht so sicher.«

»Sehnt er sich nach einem bestimmten tropischen Ort vor der Küste Kaliforniens, der einem Kaugummikönig gehört?«

»Der Arm weiß, daß es diesen Ort gibt.«

»Frag ihn, wann wir losfahren?«

»Ziemlich bald.«

»Die Zeit wird knapp, laß uns abhauen.«

Er stand unter der Laterne mit roten Backen, warm wie ein Biber in seinem neuen Mantel. Seine Füße steckten in warmen Überschuhen, er war voller Selbstvertrauen und konnte gehen, wohin er wollte. »Du nimmst den Mund ganz schön voll. Bist du zufällig der Sohn von Joe Parrish, einem der reichsten Männer in der Stadt?«

»Oh Scheiße, jetzt fängst du schon wieder an!« Er stampfte auf. »Lausige fünfzig Dollar. Die kannst du doch zusammenkriegen, wenn du willst.«

»Wie?«

»Dein alter Herr.«

»Der hat sie nicht.«

»Kann er sich die nicht pumpen?«

»Er würde niemand drum fragen.«

»Woher willst du das wissen?«

»Ich weiß es einfach.«

Er lächelte schwach. »Weißt du, was ich glaube, du Spaghetti? Ich glaube, du bist ein Feigling.«

Ich wollte ihm eine runterhauen, aber plötzlich war sein Lächeln das seiner Schwester und auch seine gelassenen Augen. Ich spuckte ihm direkt ins Gesicht. Er bewegte sich nicht, die Spucke lief langsam an seiner Nase herunter, er wischte sie ruhig mit der Außenseite seines Handschuhes ab.

»Fühlst du dich jetzt besser?«

Ich schob meine Fäuste in die Manteltaschen und ging weg, aber nach zwanzig Schritten blieb ich stehn. Ich mochte ihn, er war der einzige Freund, den ich hatte. Er hatte Achtung vor dem Arm. Manchmal stichelte er, aber ich machte dasselbe mit ihm, und wir hatten einen gemeinsamen Traum. Ich konnte das alles nicht einfach hinschmeißen.

Er stapfte vornübergebeugt den Hügel hoch.

»Ken.«

Er drehte sich um.

»Tut mir leid.«

»In Ordnung, Kumpel.«

»Biste sauer?«

»Nö.«

»Bis morgen im Club.«

»Red' mit deinem alten Herrn. Fragen kostet nix.«

»In Ordnung.«

In der Keramikfabrik war Zahltag, und am Tresen in der ›Onyx‹-Bar drängten sich die Gäste in Zweierreihen und in Vierer- und Fünfergruppen an jedem Tisch. Der Fußboden war glitschig und naß von Schneematsch und verschüttetem Bier, und die Musikbox spielte betäubend laut Countrymusik, und jeder brüllte, um sich verständlich zu machen. Riley, der Barman, sah mich reinkommen und schrie, »Er ist nich' hier, Don,« was nicht mein Name ist.

Ich schlängelte mich durch bis zur Bar und den Nischen am Eingang zum Billardraum dahinter. Hier hinten war alles ruhig, keine Spieler am Billard, aber eine Menge Männer an den beiden Pokertischen. Mein Vater war nicht da. Ich ging zum Queueregal. Manchmal ging mein Vater irgendwo außerhalb Billard spielen und nahm dann sein eigenes Queue mit. Aber sein Stock stand da, sicher am Regal angeschlossen, und sein Name war im Griff eingebrannt.

Ich verließ den großen Raum und schob mich durch die Menge an der Bar vorbei, als eine Frauenhand aus einer der Logen schoß und mich am Ärmel zupfte. Es war eine plumpe Hand mit zwei goldenen Ringen und Nikotinflecken an den Fingern. Sie gehörte Rita Calabrese. Sie saß allein in der Loge und trank süßen Wein. Wenn sie sprach, konnte man die Süße riechen.

»Du bist der Junge von Mary Molise?«

Sie kannte meine Mutter aus gemeinsamen Kinderzeiten in Denver. Ihrem Mann Ralph gehörte Studebaker Rockne Motors, und sie hatte einen Sohn, der früher mal gegen den Catcher Strangler Lewis in Greeley angetreten war. Meine Mutter hielt sie für eine schlechte Frau.

Ich fragte sie, ob sie meinen Vater gesehen hätte.

»Setz dich. Ich bewundere deine Mutter. Sie ist ein Engel.«

Sowie ich mich hinsetzte, schrie Riley, »Mach, das du rauskommst, Don,« und sein Daumen wies in Richtung Tür. Ich wollte gehen, und Rita griff wieder nach meinem Ärmel.

»Kennst du Edna Pruitt?«

»Sicher. Weshalb?«

»Was glaubst du?«

»Ist mein Vater bei ihr?«

»Das hab' ich nicht gesagt.« Sie lächelte hämisch.

»Ich hab' nur gesagt, daß deine Mutter ein Engel ist.«

Man mußte von außerhalb kommen, um Edna Pruitt nicht zu kennen. Vor Jahren war sie mal wegen Abtreibung angezeigt worden, und es hatte einen berühmten Prozeß gegeben, in dem sie freigesprochen wurde. Aber ihr schlechter Ruf hielt sich. Jede neue Generation von Kindern in Roper behauptete, in der Mülltonne hinter Edna Pruitts Haus totgeborene Embryos entdeckt zu haben.

Auch ich war oft heimlich und voll Gruseln stehengeblieben und hatte in Erwartung von etwas Gräßlichem den Deckel angehoben und reingeschaut. Ich wurde immer enttäuscht.

Ihr weißes Holzhaus lag an der Pine Street gegenüber vom neuen Postamt. An der Tür der verglasten Veranda hing ein Schild:

Edna Mae Pruitt, DSC, PHM
Chiropraktische Massage
Persönliche Beratung
Geistheilung
Tag und Nacht. Tel: 37 W

Die Vorderfront des Hauses lag im Dunkeln, aber hinter dem grünen Rollo des einen Seitenfensters drang ein Lichtschein hervor. Ich stand auf der Straße und fragte mich, was ich verdammtnochmal hier zu suchen hatte? Wenn ich die Hilfe meines Vaters wollte und er da drin war, war der letzte Ort, an dem ich sein sollte, auch nur in der Nähe dieses Hauses. In der Eiseskälte stieß der Himmel einen stummen Seufzer aus, und es begann zu schneien.

Ich schaute wieder das erleuchtete Fenster an. War er da drin? Was machte er da? Es ging mich nichts an, aber ich mußte es wissen. Vielleicht feierten die beiden eine Orgie und begingen Ehebruch. Was sollte ich machen – sie stören? Und dann verstümmelt und kaputt im Leichenschauhaus landen? Junge aus Roper Opfer eines Mordes ... Vater ersticht Sohn ... Polizei findet Tatwaffe im Schnee ... verzweifelter Vater in Haft ... unkontrollierbares Temperament war schuld

... war ein guter Junge, sagt Vater ... prominenter Sportler ... mit gebrochenem Herzen versucht Vater, sich in der Zelle zu erhängen ... Priester lobt ermordeten Jugendlichen ... war für die Oberliga bestimmt, sagt Vater Murray ... Teamkollegen als Sargträger ... Gericht spricht Molise schuldig ... Hinrichtungsdatum festgesetzt ... Gouverneur verweigert Begnadigung ... Maurer hingerichtet.

Ich ging durch den kleinen Vorgarten zum Fenster und spähte durch den schmalen Ritz unter dem grünen Rollo. Das war keine Orgie und keine Party. Es sah noch nicht mal aus wie ein Liebesnest. Da saßen einfach zwei Leute, Vater und Edna Pruitt, ruhig im Wohnzimmer unter einem großen Foto von Präsident Hoover. Edna saß im Schaukelstuhl und strickte an einer Socke, mein Vater saß am Bridgetisch und legte eine Patience. Er hatte noch nicht einmal seine Jacke ausgezogen, aber in seiner Haltung lag etwas Friedliches, eine eigenartige Gelassenheit, die ich noch nie an ihm gesehen hatte.

Edna war zehn Jahre älter, eine massive Frau in der weißen Uniform einer Krankenschwester bis hinunter zu den weißen Schuhen und Strümpfen. Die beiden sprachen nicht miteinander, schauten sich nicht an und saßen regungslos da, nur ihre Hände bewegten sich, mein Vater drehte langsam die Karten herum, Ednas Hände klapperten mit den Stricknadeln. Wäre er nicht mein Vater, ich hätte geschworen, die beiden wären seit zwanzig Jahren verheiratet, zwei Menschen, die an einem Winterabend Schweigen und Gemeinsamkeit miteinander teilen.

Dann gähnte er und reckte die Arme. Edna gähnte auch, lächelte und ging zum Schrank. Der Fußboden knarrte unter ihrem Gewicht. Sie holte seinen Mantel heraus und half ihm hinein. Dann passierte der dramatischste Augenblick des Abends: Edna küßte ihn. Sie küßte ihn beiläufig auf den Schläfenknochen, und er ging zur Tür.

In dem Augenblick, als er auf die Veranda trat, raste ich auf die Straße, blieb ein Stückchen vor ihm, und wir begegneten uns auf der zwölften Straße. Außer Atem paßte ich mich seinem Schritt an.

»Wo kommst du her zu dieser nachtschlafenden Zeit?«

»Von Kenny. Ich muß mit dir reden, Papa. Es ist sehr wichtig.«

»Ich dachte, das hätten wir geklärt. Du machst die Schule fertig, und dann arbeitest du bei mir.«

»Das wird nicht gehen.«

»Ich will nichts mehr davon hören.«

Wir gingen mit gleichem Gang nebeneinander her. Der Schnee türmte sich auf unseren Mänteln. Ich entschloß mich zu einer anderen Taktik.

»Du weißt, wer Joe DiMaggio ist, Papa? Und Tony Lazzeri und Frank Crosetti?«

»Baseballspieler«, brummte er.

»Hast du je von Babe Pinelli oder Lou Fonseca oder Ron Pelligrini gehört?«

»Noch mehr Baseballspieler.«

»Oder Vic Monte, oder Sam La Torra, oder Boots Zarlingo?«

»Baseballspieler.«

»Leute, Papa! Menschliche Wesen wie du und ich. Söhne von Schneidern oder Schlachtern oder Fischern. Von Frisören und Bergarbeitern. Italo-Amerikaner mit einem Zuhause wie wir, aus allen Ecken des Kontinentes in diesem Land der Möglichkeiten. Weißt du, was man über das Glück sagt, Papa?«

»Du weißt alles. Sag's mir.«

»Es kommt nur einmal.«

Er blieb stehen und ich auch. Er schaute mich voll Erbitterung an. Seine Hand glitt aus der Manteltasche. Er machte eine Faust und hielt sie mir dicht unter die Nase.

»Siehst du die? Die kommt auch nur einmal.«

Aber ich konnte jetzt nicht aufgeben.

»Ich geh weg, Papa.«

Er drehte sich um und ging schnell weiter. Nach einem Block fragte er:

»Wohin?«

»Kalifornien.«

Wieder blieb er stehen, sein Hut und seine Schultern waren voll Schnee. »Und du wirst reich mit Baseballspielen?«

»Ich versuch's bei den Chicago Cubs.«

»Wissen die Chicago Cubs das?«

»Die wissen's, wenn sie mich sehen.«

Schmerz und Traurigkeit machten sein Gesicht weich. Er legte mir die Hand auf die Schulter und zögerte, ob er aussprechen sollte, was ihm durch den Kopf ging. Aber ich wußte es schon.

»Sag's schon. Du glaubst, ich bin nicht gut genug.«

»Du bist gut genug, Junge«, sagte er sanft. »Aber du bist nicht hart genug. Weißt du, was ich meine? Diese Männer sind wie Eisen. Die sind hart, brutal. Die treten dich platt in den Dreck. Die bringen dich um. Die brechen dir das Herz .«

Da standen wir mitten im Winter auf dieser leeren Straße, der Schnee fiel so dicht, daß wir uns kaum erkennen konnten, und er erzählte mir, ich wäre schwach, mein eigener Vater, und es deprimierte mich, daß er mich nach sich selbst beurteilte. Er war ein prima Maurer und ein Versager; ich war ein guter Spieler und würde auch versagen. Wie der Vater, so der Sohn. Mit dem einen Unterschied: er kam aus Torricella Peligna, war ein Fremder, und ich nicht.

»Du verstehst mich nicht«, damit war das Thema beendet, und ich war erleichtert. Wie sollte ich von diesem armen, zerknitterten Fremden fünfzig Dollar kriegen? Er war so weit weg von zu Hause, quälte sich hilflos ab in einem großen, komplizierten, neuen Land. Steine, Ziegen, Brot, Wein: sowas verstand er. Aber nicht Baseball.

Wir kämpften uns vorwärts und kamen an

die Brücke über den Roper Creek. Dort blieb er stehen und freute sich über einen Zigarrenstummel, der durch ein Loch in seiner Tasche ins Mantelfutter gerutscht war. Ich wartete, bis er ihn angesteckt hatte, und roch den Zigarrenrauch in der kalten Luft.

»Guck mal«, er deutete mit dem Streichholz auf den Bach. Ein Biber zerrte einen Espenzweig durch den tiefen Schnee an der Uferböschung. Wir schauten zu, wie dieses kleine Wesen ins Wasser platschte und zu dem Fundament eines neuen Dammes schwamm.

»Das meine ich. Jeder arbeitet bei so einem Wetter. Sogar Erdhörnchen. Nur Maurer nicht.«

»Keine Erdhörnchen. Biber.«

»Erdhörnchen auch.«

Er brüllte dem Biber zu: »Versuch's mal mit Mörtel! Du wirst schon sehen!«

Wir standen auf dieser Brücke, mein Vater hatte die Brückenpfeiler Stein für Stein aufgebaut. Ich dachte an den Sommer vor ein paar Jahren, als er hier gearbeitet hatte, und an den Platz unten am Ufer, wo der kleine Zementmischer den langen, warmen Tag vor sich hin getuckert hatte.

Wir stapften weiter. Das erste Haus nach der Brücke war Hale's Süßwarenladen. Jeder Stein in diesen Wänden war durch seine Hände gegangen. Unter dem Schnee zu unseren Füßen lag der zementierte Fußweg, den mein Vater gegossen und mit der Kelle glattgestrichen hatte.

Wieviel er gebaut hatte, wenn die Sonne ihm die Möglichkeit dazu bot! Überall in der Stadt konnte man seine Arbeit sehen – Schulen, Kirchen, Häuser, Garagen, Schornsteine, Einfahrten, Terrassen, Kamine, Gehwege aus Stein, aus Zement, aus Backsteinen, Stufen, die nach oben gingen, und Stufen nach unten.

Arbeit, Schweiß, Lohntüte. Wie er seine Arbeit liebte, genauso wie sein unermüdlicher Mischer, der Jaeger, sein Partner, der diese guten Tage hindurch schnaufte und keuchte. Dann kam der Regen, der Schnee fiel, und die Maschine wurde in den Schuppen geschoben und mit Sackleinwand zugedeckt, arbeitslos wie ihr Partner. Kein Wunder, daß er zu Edna Pruitt ging. Er war keine Maschine aus Eisen, die unter einem Stück Stoff Winterschlaf hält und abwartet. Er war aus Fleisch und Blut.

Lieber, armer Papa. Was für ein Leben! Aber nicht Dominic Molise. Ich hatte einen Ausweg, ein Geschenk Gottes, den Arm. Als wir uns auf der Veranda den Schnee von den Schuhen stampften, schoß mir plötzlich die Lösung meines Problems durch den Kopf. Ich hatte einen Weg gefunden. Ich wußte, was zu tun war.

Kapitel Fünf

Am nächsten Morgen schwänzte ich die Schule und rannte rüber zur Roper High, um Kenny von meinem Plan zu erzählen. Ich mußte ihn vor der ersten Stunde abfangen, also stellte ich mich auf die oberste Stufe der Eingangstreppe und beobachtete den Zug der Studenten, die von der Straße hereinkamen.

Der Sturm der vergangenen Nacht war abgeflaut und der Tag wunderschön. Die Sonne schien, und es war warm, die Sturmwolken waren auf der Flucht. Der Schnee schmolz schnell. Ein Schwall von braunem Wasser rauschte die Rinnsteine hinunter. Jenseits der Rocky Mountains im Westen strahlte der Himmel in klarem Blau und erinnerte mich daran, daß irgendwo dort die Chicago Cubs wahrscheinlich gerade beim Frühstück saßen.

Die Cubs! Meine zukünftigen Mannschaftskameraden: Manager Joe McCarthy, Charlie Grimm, Hack Wilson, Bill Nicholson, Gabby Harnett, Stan Hack.

»Gabby, wie macht sich denn der kleine Molise?«

»Jesus, der ist phantastisch.«

»Ein kesses Kerlchen.«

»Wärst du auch an seiner Stelle.«

»Er hat jetzt endlich seinen Vertrag unterschrieben.«

»Gott sei Dank. Was kriegt er denn?«

»Zwanzigtausend und fünftausend Bonus.«

»Viel Kohle für einen Siebzehnjährigen.«

»Für einen, der fünfundzwanzig Spiele gewonnen hat? Verdammt, den haben wir umsonst gekriegt.«

Es schlug neun Uhr, als ein Bus anhielt und Kenny mit ein paar Freunden ausstieg. Sie rannten die Stufen hoch. Kenny war überrascht, mich hier zu treffen.

»Was is' los?«

»Bist du fertig zum Abhauen?«

»Catalina?«

»Wir können heute fahren.«

»Du hast die Kohle zusammengekriegt?«

»In drei Stunden hab' ich sie. Laß uns einen Kaffee trinken gehen und reden.«

Er blieb stehen. »Ich hab' jetzt Englisch.«

»Das ist was für Kinder. Wir werden heute Männer.«

Er ging hinter mir her über die Straße ins Drugstore an der Ecke und wir kletterten auf zwei Hocker. Während wir rauchten und Kaffee tranken, erzählte ich ihm vom Zementmischer meines Vaters und wie ich ihn mir ausleihen wollte. In Longmont, etwa zehn Meilen entfernt, gab es einen Baustoffhandel, wo ich für den Mixer fünfzig, vielleicht auch sechzig Dollar kriegen würde.

»Sowie der verkauft ist, steigen wir in den Fünf-Uhr-Bus und ab geht's nach Kalifornien.«

Er war nicht begeistert, trommelte auf dem Marmortresen rum, schob den Schluck Kaffee im Mund hin und her und schluckte ihn nachdenklich runter.

»Wo ist der Mischer jetzt?«

»Im Schuppen hinter unserm Haus. Wir brauchen einen Laster, um ihn wegzuschaffen. Und da kommst du ins Spiel.«

»Nennt man das nicht eigentlich klauen?«

»Wie kann ein Mann seinen Vater bestehlen? Es ist gemeinsames Eigentum. Was ihm gehört, gehört auch mir und umgekehrt.«

»Das kann ja sein, wenn du was Eigenes hättest, hast du aber nicht.«

»Noch nicht.« Ich gab ihm Recht, schließlich hatte ich schon vorher alle möglichen Antworten durchgespielt.

»Aber in zwei Monaten kann ich ihm einen funkelnagelneuen Mischer kaufen, einen von diesen Wunderdingern.«

»Woher weißt du das so genau?«

»Ich werde Baseball spielen und Geld verdienen.«

Er kniff die Augen zu und schüttelte den Kopf.

»Wahnsinn, reiner Wahnsinn.«:

Sein Pessimismus zog mich runter.

»Was ist los mit dir? Wer ist jetzt der Feigling?«

»Ich bin kein Feigling. Ich bin auch kein Dieb.«

»Dieb! Was heißt denn hier Dieb? Du leihst dir nur den Lastwagen von deinem Alten, damit wir die Mischmaschine nach Longmont schleppen.«

»Damit bin ich mitschuldig an einem Verbrechen.«

»Verbrechen! Dieb! Stehlen! Hör auf, so zu reden. Meinst du, mein Vater läßt es zu, daß ein zusammengebrochener Zementmischer meiner Zukunft im Wege steht?«

»So, wie ich deinen Vater kenne, ja!«

Er war dermaßen ruhig, ernsthaft und stur, ich hätte ihn erwürgen können, aber statt dessen versuchte ich, mit ihm zu argumentieren.

»Hör mal zu, Dummkopf. Siehst du nicht, wie blöd es wäre, meinen Vater erst um Erlaubnis zu fragen und dann den Mischer zu verkaufen? Du weißt, er würde nein sagen.«

»Das sage ich doch.«

»In Ordnung, Dummkopf. Aber wenn ich ihn nicht frage und die Maschine trotzdem verkaufe? Was kann er machen? Er muß Ja sagen, weil's schon passiert ist. Und ein Ja ist ein Ja, egal, ob vorher oder nachher. Verstehst du nicht, was ich sage? Mit anderen Worten: Ich stehle die Mischmaschine nicht. Ich hole sie nur aus dem Schuppen und nutze sie ein paar Wochen lang sinnvoll, ich leihe sie mir aus, während sie sowieso nur rumstehen und vor sich hin rosten würde. Sobald ich den Vertrag mit den Cubs habe, schicke ich dem alten Jungen ein paar hundert Mäuse, und er geht los und holt sich einen ganz neuen und hat immer noch genug Kleingeld in der Tasche. Mit anderen Worten, ich nutze die Maschine, die sowieso nur in der Ecke steht, und er mach fünf- oder sechshundert Prozent Gewinn dran. Und inzwischen spiele ich regelmäßig Baseball und schicke meiner Mutter jede Woche einen Scheck. Sie kann unsere Schulden bezahlen. Es ist Sommer, und mein Vater kann gute Jobs an Land ziehen, weil er die neue Maschine hat, die fünf Leute ersetzt, so ist das nämlich, wenn man die richtigen Werkzeuge hat. Also ist jeder glücklich. Was ist daran falsch? Hast du was gegen Glück, Ken?

Bist du dagegen, daß es meine Familie auch mal zu was bringt? Warum soll mein alter Herr arm bleiben, während deiner immer reicher wird? Hast du was gegen uns, weil wir Italiener sind? Bin ich jemals so tief gesunken, daß ich dich um was gebeten habe? Bitte ich dich etwa um Geld? Nein, alles, worum ich dich bitte, ist: leih mir den Lastwagen, damit ich mir für ein paar Wochen die Maschine von meinem Vater pumpen kann. Wenn das zuviel verlangt ist, vergiß es, vergiß unsere Freundschaft, wir geben uns die Hand, und jeder geht seiner Wege.«

Er saß schweigend da, voller Zweifel und mit gerunzelter Stirn rieb er sich den Nacken.

»Nur mal angenommen, du schaffst es nicht bei den Chicago Cubs? Das kann passieren. Passieren kann alles.«

Ich war geschockt. »Das nenne ich einen Freund! Gestern bin ich ein Geschenk Gottes für den Baseball, und nun sollen mich die Cubs nicht nehmen! All die Monate baust du mich auf, und jetzt kommt es endlich ans Tageslicht: Der Verrat, du stößt mir von hinten das Messer in den Rücken!« Ich schau ihn voller Abscheu an. »Das war's, Typ. Wir sind fertig miteinander.«

Ich knallte einen Nickel auf den Tresen und ging. Er rannte auf der Straße hinter mir her.

»In Ordnung. Ich hole den Laster, aber nur unter einer Bedingung.«

»Was für 'ne Bedingung?«

»Daß du deinem Vater das Geld wiedergibst, entweder von dem, was du beim Baseball verdienst, oder mit irgendeinem anderen Job?«

»Was für'n anderer Job?«

»Vielleicht als Maurer.«

»Ich bin Baseballspieler, Parrish. Ein Könner. Die Leute bezahlen mich fürs Spielen. So verdiene ich mein Geld.«

»Nein, ist nicht wahr, bis jetzt noch nicht.«

Er blieb stur. Ich griff ihn am Arm, zerrte ihn zur Bushaltestelle und der Bank an der Ecke und ließ ihn sich setzen. Noch einmal kratzte ich alle meine Geduldsreserven zusammen und erklärte ihm gewisse grundlegende Tatsachen. Natürlich konnte es sein, daß die Cubs mich nicht nehmen würden. Viele Dinge konnten sich mir in den Weg stellen – ein gebrochenes Bein, eine tödliche Krankheit, ein Autounfall. Aber selbst das wären nur vorübergehende Hindernisse, die außerhalb meiner Kontrolle lägen. Es könnte außerdem passieren, daß die Chicago Cubs keinen Bedarf an einem zweiten Linkshänder hätten, das würde bedeuten, daß sie mich zu einem ihrer Zweitligaclubs schicken würden, vielleicht nach L. A. zur Pacific Coast League oder nach Atlanta zur Southern Association. Aber tiefer als das würde ich nicht sinken. Ich wußte das. Der Arm wußte das. Kenny wußte das.

»Stimmt's?«

Er zuckte unschlüssig die Schultern. »Ich schätze schon.«

»Du sollst nicht schätzen, Ken. Du spielst mit einem menschlichen Leben.«

»Na gut«, er seufzte. »Du hast recht.«

Also war es Diebstahl. Und schlecht. Aber war es so schlecht wie mein Vater, der meine Mutter betrog? Hielt der mich etwa für einen kleinen, dummen Jungen, der nicht merkte, wie seine Mutter entehrt wird oder dem das egal ist? Glaubte der wirklich, er könnte ungestraft davonkommen? Mein Entschluß stand fest: Mein erster selbstverdienter Dollar würde an meine Mutter gehen. Ich würde ihr einen Anwalt besorgen. Sie aus Roper wegholen, in ein kleines Haus für sie ganz allein. Ich würde sogar meinen Vater unterstützen, damit er nicht zu arbeiten brauchte, aber er müßte ganz allein in einem Hotel leben.

Im Eisenwarenladen erzählte Ken seinem Vater, er müßte mit dem Lastwagen Sportgeräte für seinen Trainer transportieren, und der gab ihm die Autoschlüssel. Wir fuhren die Arapahoe rauf und bogen in unsere Einfahrt ein, hinter uns blieben frische Reifenspuren im makellosen Schnee zurück. Wir kamen an die Scheune hinter unserm Haus, ich sprang raus und öffnete die Blechtür. Die viereckige, verrostete Blechhütte war vollgestopft mit Streichbrettern, Bohlen, Zementsäcken und Bergen von Backsteinen. Sie war ungefähr fünfzehn Meter von unserem Haus entfernt, der Weg zur hinteren Veranda war unter tiefem Schnee begraben; hier war es einsam im Winter, kein Mensch kam hierher.

Ich winkte Ken ein, während er rückwärts in die Hütte fuhr bis an den Zementmischer. Er stellte den Motor ab und schaute sich nervös um.

»Was, wenn dein alter Herr auftaucht?« flüsterte er.

»Der kommt nie hierher. Keiner kommt her.«

Als Beweis hob ich ein Stück Eisenrohr auf und schlug damit auf den Mischer, ein Donnergetöse ließ das Gebäude beben.

Er japste außer sich, »Lieber Himmel, hör auf!«

Er stürzte an das einzige Fenster, das durch seinen Vorhang aus Spinnweben einen trüben Ausblick auf den Hinterhof freigab. »Laß uns diese Sauerei hinter uns bringen.«

Wir untersuchten den Mischer. Er war ein echtes Museumsstück, etwa fünfzehn Jahre alt, auf zwei großen Eisenrädern und mit Haken zum Transportieren. Wir befestigten den Haken an der Anhängerkupplung des Lasters und sicherten ihn mit einer Kette. Dann klappte ich die Motorhaube hoch und zog das Schild mit dem Namen des Besitzers ab, das innen aufgeklebt war.

Aus Kens Jackentasche nahm ich mir seinen Parkerstift und unterschrieb mit dem Namen meines Vaters auf der Zeile: Verkäufer und bisheriger Besitzer.

Ken hielt die Luft an.

»Scheiße, das ist eine eiskalte Fälschung.«

»Fälschung? Du spinnst. Heiß' ich etwa nicht Molise? Ich änder' nur meinen Vornamen.«

Schweißperlen glitzerten auf seiner Stirn,

und er atmete schwer. Seine Augen irrten immer wieder zum kleinen Fenster hin.

»Du bist ja kein Mensch mehr. Du bist ein Tier. Ich sollte die Bullen rufen.«

»Der Zweck heiligt die Mittel.«

»Hühnerkacke, du Dieb.«

»Mach voran, schnell.«

Er zögerte, wollte abhauen, aber ich klatschte energisch in die Hände. »Fertig!«

Er stieg in den Laster und ließ den Motor an. Ich stellte mich daneben und behielt den Haken im Auge, während sich die Räder drehten und der Lastwagen in die Einfahrt rollte. Der Zementmischer klapperte hinterher. Ich schob die Schuppentür zu und stieg ins Auto. Mit zusammengebissenen Zähnen starrte er geradeaus.

Er wollte gerade losfahren, als ein kleines, verrunzeltes, in einen schwarzen Schal gewickeltes Gesicht über unser Hoftor spähte. Es war Oma Bettina. Für einen kurzen Moment glaubte ich mich in Torricella Peligna. Ich konnte hinter ihr den Ort sehen, das Kopfsteinpflaster auf den Straßen, die verfallenden Steinhäuser, die Kirche, die schwarzgekleideten, alten Frauen auf der Kirchentreppe.

»Oh mein Gott!«, ächzte Kenny.

»Fahr los!«

Er konnte nicht. Er war starr vor Scham, sein Atem blieb stehen, seine Augen traten ihm aus dem Kopf, seine Fingerknöchel umkrampften, zu Eis gefroren, das Steuerrad. Das Tor quietschte, als Oma Bettina es aufschob und auf den Weg trat. Mit schauriger Faszination beobachtete er sie im Seitenspiegel, während sie den Zementmischer umkreiste und die Befestigung am Laster untersuchte.

»Wie schrecklich«, jammerte er, »wie gottverdammt furchtbar!« Er schloß die Augen und hämmerte systematisch mit der Stirn aufs Lenkrad. Aber es war nicht schrecklich. Es war lächerlich. Es war komisch, irrsinnig. Ich fing an zu lachen. Die letzte, entfernteste aller Möglichkeiten, und da war sie. Meine alte Oma nickte und war sich absolut im klaren darüber, was hier vorging.

Durch den knietiefen Schnee stapfte sie zur Frontseite des Lasters und schaute zu Kenny hoch. In ihrem Verhalten lag keine Überraschung. Sie schien das, was sie sah, zu akzeptieren, sich ergeben zu haben, da sie italienisch sprach.

»Das ist also die amerikanische Art, erst einem Mann die Seele töten und dann noch seine Hände abhacken. Was soll mein Sohn ohne diese Maschine anfangen? Soll er vielleicht den Mörtel mit der Hacke mischen?«

Kenny konnte sie nicht ansehen. »Was war das? Sag mir, was sie gesagt hat.«

»Sie sagt, das ist ein Schrotthaufen, und sie ist froh, daß wir ihn wegschaffen.«

»Du bist ein Lügner!«

Es ließ sich nicht mehr verbergen. Das

Böse dieser Tat war verschweißt mit diesem Augenblick, mit dem Winkel des Sonnenlichtes, mit dem strahlenden Geglitzer des schmelzenden Schnees, dem Schatten, den die Scheune warf, der leeren Resignation in den Augen meiner Großmutter.

»Klau, wenn du mußt«, in ihrer Stimme klang ein Schluchzen. »Bei 'ner Bank, bei der Stromgesellschaft, beim Steuereintreiber, aber verschon' die unglückliche Frucht meines Leibes.«

»Was hat sie gesagt?« wollte Ken wissen.

Ich behauptete, es sei schlecht zu übersetzen. »Eine Art italienisches Sprichwort.«

Er sprang aus dem Auto.

»Ich bin fertig damit. Ich hab' die Schnauze voll! Wenn du fertig bist, bring den Laster zum Laden zurück.« Er ging auf Oma zu und streckte flehend die Hände aus. »Hör zu, Oma. Ich bin sauber. Ich hab' nix damit zu tun, du capito, ja?« Er tippte sich auf die Brust. »Ich nicht schuld. Ich guter Mann.« Er deutete auf mich. »Er böser Mann. Ich nicht stehlen. Ich Freund. Er Schweinehund.«

Er rannte den Weg hinunter, seine Füße trugen ihn zurück in den Spuren, die die Reifen im Schnee hinterlassen hatten. Ich rutschte hinters Lenkrad. Ich fühlte, wie meine Hirnschale aufplatzte unter sie durchbohrenden, alten Augen. Starr vor mich hin stierend, hörte ich sie von Anfang und Ende sprechen, von Geburt und

Tod, Verbrechen und Verdammung, von Judas und der Ehrlosigkeit der Söhne. Ihre Worte gingen unter im Röhren des Motors, als ich den Gang einlegte und davonfuhr. Im Rückspiegel sah ich ihre schwarze, einsame Gestalt auf dem Weg stehen, die aufgeregten Hände gen Himmel gestreckt.

Der kürzeste Weg nach Longmont führte am Spielplatz vorbei und über den Friedhof zur Hauptstraße, damit umging man den Verkehr in der Innenstadt. Jeder kannte die Mischmaschine meines Vaters, also mied ich die befahrenen Straßen und blieb bis zum Spielplatz auf kleinen Wegen. Hinter mir klapperte der Mischer wie eine Ladung Blechbüchsen.

Als ich zum Friedhof kam, wurde es schwierig für mich, denn der einzige Weg führte am Grab meines Opas, Giovanni Molise, vorbei. Allein der Gedanke daran machte mir schon zu schaffen, und ich kratzte allen Mut zusammen.

Dann sah ich das Granitkreuz auf dem Grabsockel. Es war so groß wie ein Mensch, und sehr elegant und trug den Schnee wie einen weißen Schal. Dieses Monument war Stolz und Freude meines Vaters. Zwei Jahre lang hatte er in unserem Schuppen daran gearbeitet; hatte einen riesigen Brocken Marmor in ein anmutiges Kreuz verwandelt, hatte es bearbeitet und poliert, bis es glatt war wie menschliche Haut.

Der Krach war schuld, das Geklapper und Gerumpel vom Mischer, das die Ruhe des Friedhofes störte. Der Gedanke, am Kreuz vorbeizufahren, erfüllte mich mit Grauen.

In fünfzehn Meter Entfernung hielt ich das Auto an und überlegte mir, ob es einen anderen Weg gab. Aber ich stand in einem Wald von Gräbern, und die einzige andere Möglichkeit wäre gewesen, über die Gräber von hundert anderen armen Seelen zu fahren, die hier in Frieden ruhten.

Nicht, daß ich von meinem Opa Probleme erwartet hätte, schließlich war der seit sieben Jahren tot, aber die Erinnerung an ihn war noch frisch. Hätte er lebendig vor mir gestanden, ich hätte ihm genauso leicht trotzen können wie seiner Frau hinter unserem Haus. Aber er war tot, schrecklich tot, und ich fürchtete mich vor seiner Hilflosigkeit. Ich dachte daran, wie er war, als er noch lebte, an die Fischköder in seiner verkrumpelten Stoffmütze; ein Liebhaber von Walnüssen und Sonnenblumenkernen, wie wunderbar er Messer schärfen konnte, wie er mit dem schweren Schleifstein auf dem Rücken an den Eisenbahngleisen entlang von Ort zu Ort wanderte. Mir fiel wieder ein, wie er immer auf dem Boden hockte und mit einem Stöckchen in der Erde stocherte. Kein gebildeter Mann, aber ein Wissender, der immer lächelte und sich einfach freute, ein menschliches Wesen auf dieser Welt zu sein.

Wie konnte ich daran vorbei? Wie tief war ich gesunken? Die Verlockung von Ruhm und Geld hatte mich in einen Wahnsinnigen verwandelt. Sollte DAS Opas Belohnung sein. War er den weiten Weg aus den Abruzzen gekommen, damit sein Enkelsohn sein Grab mit Diebesgut entweiht?

Ich ließ den Lastwagen ein wenig vorwärtsrollen, bis ich die Inschrift lesen konnte, die in das Podest eingemeißelt war.

GIOVANNI MOLISE

1853–1926

REQUIESCAT IN PACE

Geh zurück, sagte der Arm, dreh dieses Auto rum, du Dummkopf, oder ich fall dir ab. Dreh um und fahr zurück und vergiß Catalina, bau Mauern mit deinem Vater, grab Löcher, werd' Schnorrer, wenn's sein muß, aber laß ab von dieser Schlechtigkeit.

Ich wendete den Laster und fuhr heim.

Als ich in unsere Einfahrt einbog, sah ich meinen Vater neben der Scheune stehen. Er sah nicht wütend aus, schaute nur, während ich das Auto anhielt.

»Hallo«, sagte ich.

Er starrte noch ein wenig, öffnete dann die Schuppentür. Ich fuhr den Mischer rückwärts in den Schuppen und er starrte weiter. Er starrte mich an, während ich den Motor ausmachte und rauskletterte.

»Ich werd' alles erklären.«

Er starrte, als ich zum Haken ging und die Kette losmachte. »Ich hab' überlegt, dir eine neue Mischmaschine zu kaufen. Und deshalb wollte ich rauskriegen, für wieviel man diesen Haufen Schrott in Zahlung geben könnte.«

Während er seinen Mantel auszog und an einen Nagel hängte, redete ich weiter: »Schließlich werden wir diesen Sommer Partner. Ich dachte, jetzt wär' genau der richtige Moment, um uns neues Werkzeug zu besorgen. Hat doch keinen Zweck, mit veralteten Maschinen in den Konkurrenzkampf zu gehen.«

Unter seinem Mantel kam ein dazu nicht passendes Sakko zum Vorschein, das er jetzt ebenfalls auszog. »Dann habe ich gedacht, ich sollte dich vielleicht zuerst zu Rate ziehen. Schließlich bist du der Boß dieses Unternehmens.«

Er ging zum Laster und klopfte leicht mit den Fingerknöcheln gegen die Stoßstange. »Hast du den auch geklaut?«

Ich erklärte, daß Kenny den Wagen von seinem Vater geliehen hatte.

»Was 'n das?«, er griff nach der rosa Besitzurkunde, die aus meiner Tasche schaute. Er entfaltete das Dokument und studierte es mit aufgerissenen Augen.

»Du kannst noch nicht mal gut klauen«, er schüttelte den Kopf. »Du hast meine Unterschrift auf der falschen Zeile gefälscht.«

Ich lächelte. »Du irrst dich. Wäre ich hier, wenn ich versucht hätte, deinen Namen zu fälschen? Hab' ich irgendwas gestohlen? Was hab' ich gestohlen? Die Mischmaschine? Die steht da, wo sie immer steht. Ich protestiere gegen diese üblen Anschuldigungen.«

Er starrte immer noch. Weil das Schuppentor offenstand, dachte ich dran, wegzulaufen. Er würde ein oder zwei Blocks weit hinter mir her laufen, aber mich nicht fangen. Plötzlich schoß seine rechte Hand nach vorn und schlug mir ins Gesicht, und er tänzelte wie ein Boxer, die Fäuste geballt, und eine Wolke aus aufgewirbeltem Kohlenstaub um seine Füße.

»Verteidig' dich«, befahl er und hüpfte auf den Zehenspitzen herum, umkreiste mich, mit vielen kurzen Scheinattacken.

Ich stand nur da, überrascht, und wehrte mich nicht. Ich hätte nie gegen ihn kämpfen können, niemals. Ich wich seinen kurzen Geraden aus, ging rückwärts.

»Verdammt noch mal, kämpfen sollst du«, er knurrte.

»Wofür?«

»Wenn du mich beklauen kannst, kannst

du dich auch mit mir schlagen. Mach schon, schlag zurück!«

Ein überraschender Schlag traf mich am Nasenflügel. Schmerz, wie zersplitterndes Glas, schnell und blind. Der Geschmack von Blut. Ich hielt mir die Nase und fühlte das warme Blut durch meine Finger sickern. Er keuchte vor Entsetzen, schlug sich selbst auf die Backe.

»Mamma mia!«

Er rannte raus auf den Weg, tauchte seine Hände in den Schnee und hetzte zurück mit zwei tropfenden Handvoll, die er mir aufs Gesicht legte. Ich drückte meine Nase in den Schneeberg, und in Sekundenschnelle hörte das Bluten auf, und mein Gesicht war naß und kalt. Er zog ein blaues Taschentuch mit weißen Tupfen aus der Tasche, und ich wischte mir damit das Gesicht ab. Er war bleich, und seine Hand zitterte, als er mir vorsichtig mit einem Finger am Nasenbein entlangfuhr.

»Ist nix passiert«, sagte ich zu ihm.

»Warum«, wollte er wissen. »Du bist kein Dieb – warum?«

Vielleicht lag es an der blutigen Nase, aber auf einmal waren wir nicht Vater und Sohn, sondern Freunde, und ich konnte ihm von meinen Hoffnungen und meiner Verzweiflung erzählen, von der Langeweile der Armut, der Chance, von zu Hause wegzugehen und mein Glück mit Profibaseball zu probieren. Er zündete sich eine Zigarre an und ging zur Tür, stand mit dem Rücken zu mir, und ich schüttelte ihm meine Träume aus, während Rauchwolken den Raum füllten.

Als er sich umdrehte und mich ansah, stand weder Ärger noch Enttäuschung auf seinem Gesicht, nur Sanftheit, der Wunsch, zu verstehen und mitzufühlen.

»Wart' ein Jahr«, sagte er ruhig. »Mach die Schule zu Ende, geh dann.«

»Ich will jetzt gehen.«

»Du hörst nicht zu. Du willst es so, wie du es dir in den Kopf gesetzt hast und nicht anders. Das zeigt, wie jung du noch bist.«

»Ich will dir helfen, Papa. Geld nach Hause schicken. Du kannst den Mantel wegschmeißen, dir neue Sachen kaufen.«

Er schaute mich an, die Stirn gerunzelt, in seinem Kopf drehten sich die Räder. »Woher weißt du, daß du gut genug bist?«

»Weil ich der geborene Pitcher bin.«

Er verzog das Gesicht, versuchte, zu einem Entschluß zu kommen. »Ich weiß nicht. Ich will das Richtige tun. Ich werd' mit jemand reden.«

»Mit wem?«

»Ich weiß nicht. Wieviel brauchst du?«

»Fünfzig.«

Er pfiff und schüttelte niedergeschlagen den Kopf: »Das is nich' gut. Ich sitz in 'ner Falle. Es is falsch, wenn ich's mach, und falsch, wenn ich's nich' mach.«

Es war mir egal, woher er das Geld holte. Sollte es doch von Edna Pruitt kommen, mir war's auch recht. Er würde es wiederkriegen, dafür würde ich sorgen. Wenn mir die Cubs einen Vertrag anbieten, bestehe ich auf einem Bonus für solche Einzelheiten. Vielleicht einen Tausender extra.

Wir fuhren im Pickup in die Stadt. Der Lastwagen gefiel ihm. Seit Jahren hatte er sich so einen gewünscht. Jedesmal, wenn er einen neuen Job hatte, mußte er Chetts Transporter ausleihen, um sein Material dahin zu schaffen.

»Schönes Auto«, er schaute sich im Führerhaus um.

»In zwei Monaten hast du genauso einen. Nur daß der funkelnagelneu ist, mit deinem Namen an der Seite: Molise Bauunternehmen.«

»Sei still, Junge. Was weißt du schon von der Welt?«

»Was geht mich die Welt an? Ich brauch nur Baseball.«

Er seufzte deprimiert, sein Gesicht war voll Kummer. Ich hielt vorm ›Onyx‹, und er stieg aus.

»Du läßt mich nicht im Stich, Papa. Von allen Menschen auf der Welt bist du derjenige, auf den ich mich verlasse.«

»Wir werden sehen. Ich red' mit jemand.«

»Danke, daß du mir diese Chance gibst.«

Er schrie mich an: »Hör auf, hörst du? Hör auf!«

Er knallte die Autotür zu und rannte ins ›Onyx‹. Ich fuhr das Auto zurück zum Eisenwarenladen und parkte es im Hof. Als ich ausstieg, öffnete Mr. Parrish die Hintertür. Er ging um das Auto herum und untersuchte es gründlich. Seine kalten Augen nahmen mich schließlich ins Visier.

»Laß dich nie wieder von mir erwischen mit diesem Auto. Kapiert?«

»Ich hatte Kens Erlaubnis.«

»Scher' dich zum Teufel.«

Um das Geld machte ich mir keine Sorgen mehr. Auf die eine oder andere Art würde mein Vater die Sache in die Hand nehmen, und in ein paar Stunden konnten Kenny und ich losfahren. Während ich quer durch die Stadt zur Roper High lief, hatte ich das klare, süße Gefühl, ich würde nie wieder über diese Straßen gehen. Keine Bitterkeit mehr. Keine beschämenden Erinnerungen. Es ist eine gute Stadt gewesen, ein guter Ort, um eine Karriere zu beginnen. Nicht so spektakulär wie New York oder Chicago, nur eine solide, kleine Stadt, die einen großen Baseballspieler hervorgebracht hatte.

Ich fand Kenny im Drugstore gegenüber von der Schule. Es war Mittag, und der Laden wimmelte von Kindern, die Mittag aßen. Wir gingen raus in die Sonne. Er war düster und nicht freundlich, bis ich ihm erzählte, was mit dem Zementmischer passiert war.

»Ich hab' ihn nicht verkauft. Ich hab' ihn zurückgebracht.«

»Ist er jetzt da?« Sein Gesicht wurde freundlicher. »Weiß Oma Bescheid?«

»Natürlich weiß sie's.«

»Gott sei Dank.« Er tanzte um mich herum und umarmte mich beinah. Dann erzählte ich ihm die große Neuigkeit: daß mein Vater mit der Fahrt nach Kalifornien einverstanden war und gerade das Geld dafür auftrieb. Grinsend legte er mir beide Hände auf die Schultern.

»Dom, das war ganz toll von dir, daß du die Maschine zurückgebracht hast. Du bist wirklich ein Ehrenmann.«

»Es war ein harter Kampf«, gab ich zu. »Ein schwächerer Mann hätte der Versuchung nachgegeben.«

»Das war sehr mutig.«

»Hm . . .«

»Ich bin stolz auf dich, du hast unsere Freundschaft gerettet. Ich wollte dich schon in den Wind schießen.«

»Dorothy bestimmt auch.«

»Keine Frage. Sie haßt Schwäche.«

Die alte Flamme flackerte wieder auf und funkelte, und ich sagte: »Ken, tu mir einen Gefallen.«

»Was immer du willst, Mann aus Eisen.«

»Sag ihr, was ich gemacht habe. Ich glaube, es wird ihr gefallen.«

»Versprochen.«

Zur allgemeinen Überraschung kam Papa zum Abendessen heim. Mama hatte eine Schüssel Lammnieren, in Wein und Petersilie gekocht, zubereitet, und nachdem mein Vater sich zum drittenmal den Teller vollgeladen hatte, war sie ganz aufgeregt und rannte ins Schlafzimmer, zog eine frische Schürze an und steckte sich eine Schleife ins Haar. Nervös fing sie an, unsere Teller einzusammeln, obwohl wir noch nicht aufgegessen hatten. Augie wollte seinen Teller nicht hergeben.

»Ach, du hast genug gehabt«, lachte sie und räumte seinen Teller ab.

Mein Vater schaute mich nicht an. Nachdem der Tisch leer war und die anderen gegangen, saß ich ihm gegenüber, während er seinen Wein austrank. Er wich immer noch meinen Augen aus, als er in seiner Hemdentasche nach etwas kramte und mir dann die Faust entgegenstreckte.

»Da.«

Ich fühlte ein Bündel Geldscheine in meiner Handfläche und hielt die Luft an. Es sah aus wie ein Vermögen. Ich stand auf und ging raus auf die Veranda, um das Geld zu zählen.

Es waren speckige Dollarscheine, so, als hätte er einen hier und einen dort zusammengesammelt. Mit einem Gefühl wachsender Panik zählte ich sie, zählte sie gleich nochmal. Sie fühlen sich so gigantisch an. Ich zählte sie gerade zum drittenmal, als mein Vater rauskam auf die Veranda.

»Es war das Beste, was ging«, sagte er.

Es war nicht genug. Der Buspreis allein nach Los Angeles war schon vierundzwanzig Dollar, aber ich brachte es nicht über mich, was zu sagen. Er hatte es versucht, hatte sein Bestes gegeben. Sein Anblick, sein müdes Gesicht, seine wäßrigen Augen sagten mir, daß er eine schreckliche Zeit hinter sich hatte.

Ich bedankte mich, aber er erriet meine Gedanken.

»Was ist mit dem kleinen Parrish? Der hat doch Geld. Vielleicht leiht der dir was, bis du soweit bist?«

»Vielleicht.«

Er starrte auf die stille Straße, die kahlen Bäume tropften in der warmen Nacht. »Ich bin für das Geld durch die Hölle gegangen. Jetzt mach was damit. Geh Baseball spielen. Und schick Geld heim.«

Ich stopfte das Geld in meine Tasche.

»Mach dir keine Sorgen, Papa. Du wirst das nie bereuen.«

Er drehte sich um und lächelte. Seine schwielige Tatze legte sich um meinen Arm. »Spann die Muskeln an.«

»Falscher Arm, versuch's mal mit dem«, ich hielt ihm meinen linken Arm hin. »Pack' fest zu.«

Seine Finger griffen zu.

»Fester.«

Seine Finger gruben sich tief ein wie Stahlbänder. Langsam beugte ich den Arm, bis die kraftvolle Wölbung seinen Griff auseinander zwang. Er lachte beinah.

»Ganz schön gut.«

»Das ist pure Kraft. Du solltest mal sehen, was dieser Arm mit einem Baseball anstellt.«

»Denk dran. Schick Geld nach Hause.«

Ich wußte, ich konnte auf Kenny rechnen. Er hatte ein regelmäßiges wöchentliches Taschengeld und ein Bankkonto, und außerdem war's ja jetzt nicht mehr so, als wäre ich total pleite und würde ihn bitten, die gesamte Fahrt zu finanzieren.

Von der Straße aus sah ich hinter seinem Fenster Licht, also wußte ich, daß er zu Hause war. Auch Dorothys Fenster strahlte hell, und ich hoffte, sie würde mir die Tür aufmachen, wenn ich klingelte, und nicht Kenny.

Es war auch nicht Kenny, es war Mr. Parrish.

»Ich muß mit dir reden«, sagte er, trat schnell auf die Veranda und machte die Tür zu. Er war wie ein Eisklotz. Er versuchte, auch seine Stimme tiefgefroren zu halten, aber sie bebte vor Emotion.

»Ich will, daß du meinen Sohn in Ruhe läßt«, er spießte mich mit seinem Finger auf. »Und laß dich hier nicht mehr blicken. Ist das klar? Du bist hier nicht willkommen.« Er zitterte.

»Was ist los mit Ihnen?«

»Jetzt hör mir mal zu. Kenny wird nicht auf diese idiotische Spritztour gehen. Das ist mein Befehl. Und er wird nicht mehr mit dir verkehren. Du hast einen schlechten Einfluß auf den Jungen. Kapiert? Laß ihn in Ruhe. Laß dich hier nicht mehr blicken. Bleib' da, wo du hingehörst oder ich gehe zur Polzei.«

Bevor ich was sagen konnte, und ich hatte nichts zu sagen, ging er schnell ins Haus, verriegelte lautstark die Tür und knipste das Licht auf der Veranda aus. Völlig benommen ging ich weg. Ich wußte, daß Mr. Parrish mich nicht besonders mochte, aber nicht, daß er mich haßte. War das, weil ich seinen Lastwagen gefahren hatte? Hatte Ken ihm von der Mischmaschine erzählt? Wußte er, was zwischen Dorothy und mir passiert war? Ich hatte keine Ahnung.

Ich wußte überhaupt nichts, nicht die Uhrzeit, nicht den Unterschied zwischen meinem Arsch und einem heißen Felsen, nicht, wer ich war, noch warum, und auf einmal, während ich so den Hügel runterstolperte, war es mir egal. Ich war es leid, mir Gedanken zu machen, und auf seine Weise hatte Mr. Parrish mir die Entscheidung abgenommen. Der Trip war gestorben. Kein Kenny, kein Trip. Ich war zu dumm, um es allein zu schaffen. Ich würde vielleicht in die falsche Richtung gehen und in Torricella Peligna landen, wo ich hingehörte. Mein Vater hatte recht. Ich sollte ein Jahr warten. Verdammt. Roper war keine so üble Stadt. Wenigstens konnte ich hier rumlaufen, ohne mich zu verirren. Ich würde meinem Vater das Geld zurückgeben und noch ein Jahr warten.

Der Arm fing an, zu protestieren, er zuckte und jammerte wie ein verzogenes Kind, nannte mich Feigling, Betrüger. Du Zwerg, du Kreatur, du denkst nur an dich selbst. Ich tätschelte ihn tröstend. Hör mal, redete ich ihm gut zu, wir haben viel Zeit, laß uns die Ausbildung fertigmachen und den Sommer hier in Roper genießen. Wir arbeiten für den alten Herrn, spielen sonntags und sparen unser Geld. Aber der Arm wollte nichts davon wissen. Er wurde wabbelig und teilnahmslos und tat so, als wäre er tot. Ich mußte grinsen. Was für ein durchtriebenes Luder!

Als ich an Arts Tankstelle vorbei in unsere Straße einbog, entdeckte ich etwas Vertrautes in der offenen Garage, die als Werkstatt diente. Ich ging über die Straße, um es mir genauer anzusehen. Und da stand er, der Mischer meines Vaters, der Motor auseinandergenommen, die Teile auf dem Boden ausgebreitet, der Vergaser eingeweicht in einem Eimer Benzin.

Ich spürte plötzlich einen Schmerz in der Brust, ein Gefühl, als würde ich gleich anfangen zu weinen. Ich sah Art Belden, den Tankstellenbesitzer, zurückgelehnt im Stuhl sitzen, er hörte Bing Crosby im Radio zu. »Where the Blue of the

Night.« Ich ging rüber und machte die Tür auf, und Art sagte: »Hallo, Dom.«

Sein offenes Essenspaket stand vor ihm auf dem Schreibtisch.

Er trug einen weißen Overall mit vier Bleistiften in der Brusttasche, und ich haßte ihn. Ich haßte die saubere Exaktheit der Erdnußbutterbrote, die er aß und von denen seine Frau so allerliebst die Krusten abgeschnitten hatte. Sie haßte ich auch. Ich haßte den behaglichen, grauen Bungalow, in dem sie auf der Spruce Street wohnten. Ich haßte seinen Collie. Ich haßte sein liebenswürdiges Lächeln, und ich haßte seine Antwort, bevor ich überhaupt gefragt hatte, was der Zementmischer meines Vaters in seiner Garage machte.

»Der hat mal deinem Vater gehört. Ich hab' ihn heute nachmittag gekauft.«

Ich glaubte ihm und sagte: »Ich glaub' Ihnen nicht.«

Er biß in sein Brot, stellte Bing Crosby ab und gab mir die Verkaufsbescheinigung, unterschrieben von meinem Vater. Für die fünfundzwanzig speckigen Dollar in meiner Tasche.

»Ich kauf' ihn zurück.«

»Der ist nicht zu verkaufen.«

»Ich geb' Ihnen dreißig.«

Er schüttelte den Kopf und goß Milch aus seiner Thermoskanne in eine Tasse.

»Ich biete Ihnen vierzig.«

»Hör zu, ich will ihn nicht verkaufen.«

Ich zog das Bündel Geldscheine aus der

Tasche und warf es auf den Schreibtisch. »Fünfzig Dollar. Fünfundzwanzig jetzt und fünfundzwanzig diesen Sommer.«

Ein Auto fuhr vor, und er ging raus, um zu bedienen. Ich nahm das Geld wieder an mich und ging zurück zur Maschine. Sie war verbraucht und zerbeult wie die Hände meines Vaters, ein Teil seines Lebens, so eigenartig steinalt, als käme auch sie aus einem fernen Land, aus Torricella Peligna. Ich legte meine Arme um sie und küßte sie und weinte um meinen Vater und um alle Väter und auch um die Söhne, um die Zeit, in der ich lebte, um mich selbst, weil ich jetzt nach Kalifornien fahren mußte. Ich hatte keine Wahl, ich mußte es schaffen.

ENDE

BASEBALL

wird gespielt auf dem *Diamond* genannten Spielfeld, einem auf einer Ecke stehenden Quadrat. Zwei Mannschaften mit je neun Spielern treten gegeneinander an, gespielt wird mit dem Ball, dem Schlagholz und dem gepolsterten Handschuh.

Der *Batter* steht als einziger des offensiven Teams dem *Pitcher* und seinem verteidigenden Team im Duell gegenüber. Der *Pitcher* versucht von seiner Position im Feld den Ball dem *Batter* so zuzuspielen, daß der ihn mit seinem Schlagholz verfehlt. Hinter dem *Batter* steht bzw. hockt der *Catcher* mit dem Handschuh und versucht den Ball zu fangen. Gelingt dem *Batter* ein plazierter Schlag, den der Gegner nicht sofort abfangen kann, kann er einen *Run* zur *First Base, Second Base, Third Base* und im absoluten Glücksfall einen *Homerun* starten, d. h. einmal das Feld umrunden. Pro erreichter *Baseline* gibt es einen Punkt. Der *Pitcher* muß den Ball dem *Batter* zwischen Schulter- und Kniehöhe zuspielen und wird den Ball so spielen, daß der *Batter* ihn verfehlt oder die Schlagrichtung nicht kontrollieren kann.

Ein Spiel besteht aus neun *Innings* (Durchgänge). Gründliche Darstellung der Regeln siehe: Sportbrockhaus (Wiesbaden 1984).

❶ Pitcher
❷ Catcher
❸ 1. Baseman
❹ 2. Baseman
❺ 3. Baseman
❻ Shortstop
❼ Leftfielder
❽ Entrefielder
❾ Rightfielder

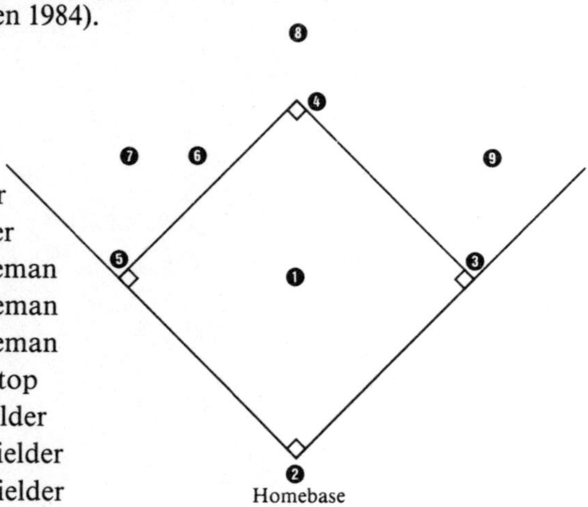

Es folgen Hinweise
auf amerikanische Literatur
im Eichborn Verlag

Brautigan-Werkausgabe

Seit Herbst 1985 erscheint das Werk des amerikanischen Einzelgängers Richard Brautigan in der Übersetzung von Günter Ohnemus bei Eichborn.

Es liegen vor:

Richard Brautigan: Die Abtreibung – Eine historische Novelle 1966

Richard Brautigan: Das Hawkline Monster – Ein seltsamer Western mit 2 Killern, 2 schönen Frauen & 1 Monster

Richard Brautigan: Träume von Babylon – Ein Detektivroman

Richard Brautigan: Forellenfischen in Amerika

Die Werkausgabe wird halbjährlich mit einem Band fortgesetzt.

Die Ausgabe ist in Bütten gebunden, großzügig in der English Times gesetzt und auf gutes Papier gedruckt.

Die Einband-Motive stammen von Henry Schmid.

Pressestimmen zu Brautigan:

»Seine Romane gehören in den Vereinigten Staaten zu den Kultbüchern der sechziger Jahre.«

Tagesspiegel, Berlin

»Die Leute, die dieses Buch gelesen haben, haben ein seltsames Lächeln auf dem Gesicht – so, als hätten sie gerade genau die richtige Menge Eiskrem an einem heißen Tag gegessen.«

Rolling Stone, USA über »Die Abtreibung«

»Wie Brautigan vor Phantasie übergeht, ist atemberaubend.«

Kurier, Wien

»Übersetzer Günter Ohnemus ist der kongeniale Über-Träger der amerikanischen Kultfigur Brautigan, deren Stil so poetisch-einfach erscheint wie etwas Fröhliches von Joan Mirò.«

Die Welt, Bonn

». . . witzig, skurril, grotesk, seltsam und immer humorvoll.«

Nürnberger Nachrichten

»Erwähnenswert, die schöne Form der Ausgabe: Hübsches Paperback-Cover und ein Druckbild, bei dem sogar das Lesen der Seitenzahlen Genuß bereitet.«

Zitty, Berlin

»Ironie auf Samtpfoten, Skurriles im Geist der Beatles.«

Basler Zeitung

Der große Antikriegsroman

Dalton Trumbo: Johnny zieht in den Krieg. Sonderausgabe.

Walter Widmer schrieb zu Dalton Trumbos Roman-Plädoyer gegen den Krieg: »Der entsetzlichste, erschütterndste Protest, der je gegen den Krieg erhoben wurde!«

»Johnny zieht in den Krieg« war eine wirkungsvolle Waffe der Gegner des Vietnam-Krieges in den USA; es ist heute ein wichtiges Buch der Friedensbewegung.